黄耀红 ◎ 著

天地有节

二十四节气的生命智慧

三联书店

目录

自序

日日行经的道旁，长着两棵开花的树。

一棵在小区出口，花红灼灼，绚如烟霞；另一棵在单位入口，花如绿米，静若翡翠。

从一棵树走向另一棵树，日子便有了生命的迎候。

自去年小暑始，忽然生出对时光与草木的兴致，亦借以开启了文字和节气同行的年度之旅。

这是一段奇妙的体验。时间，不再是日历与钟表的计量，而是月下草丛的蟋蟀，窗前映雪的寒梅，是庭前燕归来，陌上杨柳青。

"天何言哉？四时行焉，百物生焉。"

亘古天地，充盈着生生不息的力与美。老子曰："道生一，一生二，二生三，三生万物。万物负阴而抱阳，冲气以为和。"

"生"为创世之源，"冲"为相搏之力，"和"为平衡之美。

　　阳至极，阴始生；阴至极，阳始生。大道不偏亦不倚，宇宙无极而太极。形上世界的抽象，摇曳如一尾阴阳鱼。

　　从此，天人相谐，物我无间，众生相爱。

　　屋顶，山峰，星空……时空一层一层打开，直至意识到这个蓝色星球上的一切"实有"，无不周而复始地旋转于"虚空"之中。

　　时空如此浩渺，却不妨碍我们聆听天地的深情。

　　江南的春雨那么轻，那么柔，是不是出于对幽花嫩叶的天意垂怜？清明的天宇那么澄澈，那么干净，是不是为了迎候那自净土归来的魂灵？那一枝北国的青色麦穗，将满而未满，是不是饱含至满则亏的人生提醒？

　　节气的天空下，时间是众生的语言，生命是对话的密码。

　　致广大，而尽精微。因为节气，一片樟树叶由嫩红到老红，会激起生死的叹息；一朵寂寞野花的幽蓝或洁白，会引发美丽的惊叹；一树蝉声或一行雁阵，会传递冷暖的消息；而风雨雷电、草长花开，又会接通先民最初的忧惧与欢欣……

　　当自以为是的盔甲悄然卸却，我们开始重新打量这个各美其美的世界。你发现，每一种生命的形状、质地、色彩、气味、声音，乃至明暗、强弱、虚实，都那么无与伦比，又这样独一无二。

　　当我们从可以名状的物性中发现不可名状的神性，眼、耳、鼻、舌、身才会打开另一重审美的境界，生命也才会呈现出不可思，亦不可议的庄严。群山、长河、落日、草木、鸟兽，无一不是时间的孩子。它们，以各不相同的方式为时间赋形，或如山间明月，或如空谷幽兰，或如溪涧清音。

时间不再只是线性和虚拟，空间不再只是方向与丈量。天地之间，充盈着"行到水穷处，坐看云起时"的生命气象，亦充满着对时间与空间的敬意。

每年立春、立夏、立秋、立冬那天，居庙堂之高的皇帝必然率百官迎春于东郊，迎夏于南郊，迎秋于西郊，迎冬于北郊。

四时与四方，纵横交织；历史和世界，生生不息；云朵与大地，心心相印。

节气里的生命智慧，是天地和万物的前世约定，亦是诗与美的风云际会。

在农耕的天空下，最大的力量是种子，最美的姿势是耕耘。"种瓜得瓜，种豆得豆"关乎粮食与蔬菜，更关乎人生和哲学。"绿遍山原白满川，子规声里雨如烟"的初夏诗句中，有山与水的清新配色；"庭前垂柳珍重待春风（風）"的"画九"风雅里，有冬和春的深情相拥……

天地有节，四时有节，生命有节。

欲望如杂草疯长，心灵与自然疏离。越是意识到心为物役的生命之痛，越是感觉到"节"的发音是一声朴素而深刻的提醒。

节制，节律，节令。此间深意，并不仅仅因为二十四节气赫然进入世界非物质文化遗产名录，更重要的，它本身就是时间上游的一泓清澈智慧。

而今，在烟花盛开的庭院，在明月朗照的井边，在坑坑洼洼的青石板上，我不知道，还有多少稚嫩的童音会在时间深处发出那清脆的回响：

"春雨惊春清谷天，夏满芒夏暑相连。秋处露秋寒霜降，冬雪雪冬小大寒……"

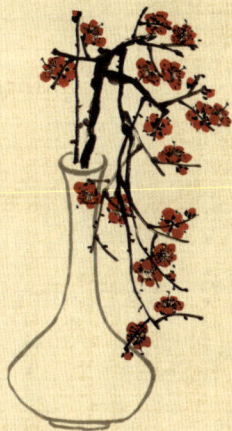

立春

初候
东风解冻

二候
蛰虫始振

三候
鱼陟负冰

立春

除却花红柳绿

沉默的力量从

地下发生

　　阳光穿过云间的时候，一管纤毫在红色的纸间翩若惊鸿。

　　横如远黛，撇如新叶。每一笔提按，都是山川的觉醒；每一笔轻重，都有萌动的欢欣。

　　此刻，世界仿佛幻化成飞舞的笔画，从四面八方汇聚而来，汇成山水大地般的文字，而耳朵里开始响起那个奔走相告的古老发音——春。

　　立春，二十四节气之首。立者，始也。穿越漫长的苦寒等待，我们终于等来春之女神。

　　时间，从此进入了春天的地界。

　　从来没有哪个季节赢得过如此浩荡的歌咏。

　　五千年的春天，一直就在平平仄仄的诗行里踯躅。

　　春山春水，春风春雨，春草春花，春日春泥，春夜春心，春社春耕……如此繁复的春之词汇，恍如洞开一个春天的语言世界，葳蕤生出一片古老诗意。

言春草，你说"春草年年绿，王孙归不归""天街小雨润如酥，草色遥看近却无"；言春水，你说"春水碧于天，画船听雨眠""离愁渐远渐无穷，迢迢不断如春水"；言春风，你说"春风又绿江南岸，明月何时照我还""桃李春风一杯酒，江湖夜雨十年灯"；言春雨，你说"随风潜入夜，润物细无声"；言春山，你说"人闲桂花落，夜静春山空"……

你说，这是春天之幸。我问，这是不是春天之困？

因为，在无数长短咏叹里，春天就这样落入了古典的重围。

语言剥夺了春天的版图，亦凝固了春天的审美。

不是吗？柳绿与桃红，成为公认的春之色；燕语和莺歌，成了公认的春之声；而播种与耕耘，又成了公认的春之颂……

春天，与其说是万象更新的四季开篇，莫如说是约定俗成的心灵图景。它成了一个铿锵的预言家与代言者，代言生命、希望与爱。

从《诗经》《尚书》，至白话兴起的五四时代，几千年春光一直在韵语里荡漾。到了朱自清这里，无数伤春惜春的格律才忽然从他的袖间抖落，他的笔下响起"堂堂溪水出前村"的白话春声。

"春天像刚落地的娃娃，从头到脚都是新的，它生长着。

"春天像小姑娘，花枝招展的，笑着，走着。

"春天像健壮的青年，有铁一般的胳膊和腰脚，领着我们上前去。"

朱自清的春天，是白话的春天。亲切得就像笑容，自然得如同草木。

然而，无论是古典的春天，抑或是白话的春天，它们都在纸上。你想啊，那薄薄的纸，哪里比得上大地的温润？那格式化的象征与联想，又如何能拼接春天的真实与完整？

别以为春天只有燕子的呢喃，那里也有野猫的饮泣；别以为春天只有群芳吐艳的浪漫，那里也有杜鹃啼血的忧伤；别以为春天只是美好的芳华，《红楼梦》里的"元春""迎春""探春""惜春"（谐音为"原应叹惜"）却道出繁华散尽的苍凉……

真实的春天，亦如真实的生命。

整个世界都在谛听，谛听那春到人间的第一个声音。然而，出乎你意料的，春天的第一声不在风中，不在水上，而在最沉默、最深厚的大地之中。

眼前浮现一个遥远的背影。

早在冬至的时候，他弯腰俯身，将长短不一的十二根竹管插入松软的泥土。单数称为"律"，双数称作"吕"。每根竹管里，都落满芦苇烧过的灰烬。冬至那天，其中一根竹管里的灰烬被地里的气息怦然吹动。那么轻，那么短，却是一阳复生的黄钟大吕。

立春之后，大地奏响的是一种号角之音。

那角音，残荷下的种子听见，后院的竹根也听见；远山听见，近水也听见；微风听见，细雨也听见；屋角的桃花听见，塘边的柳树也听见……

那一声春天的号令，以血液奔流的速度传遍你的周身，也传遍世界的周身。

"律回岁晚冰霜少，春到人间草木知。便觉眼前生意满，东风吹水绿参差。"

在宋代理学家张栻眼里，立春之日，所有的文字像那知春的草木，而思想如同参差的绿水。春天的生生不息，亦如他在学问上的朝耕夕作。

如果说土地是岁月的图腾，那么立春则是大地的初心。

立春这一日，皇帝率三公九卿、诸侯大夫迎春于东郊，那是一场祈求丰收的庄严祭祀。

在民间，春天更弥漫着神性。一把木犁，一头犍牛，半匹红绸，响彻乡间的爆竹，以及种种吃食、宴饮与仪典，都让这个日子在寒意未退的空气中泛出红色的光晕。

"春牛春杖。无限春风来海上。便与春工。染得桃红似肉红。春幡春胜。一阵春风吹酒醒。不似天涯。卷起杨花似雪花。"

这是苏东坡笔下的立春吧？有谁想到，写此词时，东坡已年届花甲，已从惠州再度南贬至儋州。那个黎族聚居的岛上，文化落后，缺医少药。然而，这位生命仅剩下三年光阴的旷达男神，依然在孤悬海外的立春之日里生出如许美好的祈望。

他，听到了"无限春风来海上"的辽阔与温暖，也升腾起"卷起杨花似雪花"的纯洁与美意。

于他而言，境遇关乎人生。你顺，或不顺，立春，始终在那里。

古人以"东风解冻""蛰虫始振""鱼陟负冰"为立春"三候"。

"东风解冻"，那是何其美妙而神奇的生命过程啊。是不是如台湾作家张晓风所写："从绿意内敛的山头，一把雪再也撑不住了，噗嗤的一声，将冷面笑成花面……"

你或许还记得"蛰虫咸俯"为霜降第三候。而今，大地如一把竖琴，以它的角音惊起了蛰虫的酣梦。百虫的"俯"与"振"，亦如时间的低眉与仰面，沉睡和苏醒。可以想象，无数虫子，即将加入磅礴的春日歌吟。

如果说大地是春天的子宫，那么，江河就是她的血脉。

立春半月之后，水底闲游的鱼儿，忽然看见小鸭子的黄色脚掌，听见它们嘎嘎嘎的欢叫。朝着残冰犹在的浅水，它们一跃而起，划出一道美丽的流线……

我发现，在春天的咏叹中，桃花与杜鹃都不曾缺席，黄鹂与燕子也不曾缺席，可是，地下冬眠的虫，水里欢快的鱼，这种沉默的力量，是否也曾获得过诗人的青睐呢？

雨水

雨水

这是春天的初心
柔和且坚定

　　春雨蒙蒙,远山含烟。你坐在檐下阶前,静听天地间冷翠的声响。你甚至忘了,雨水还是一个古老的节气,或是一段时间的命名。

　　一滴雨水,无异于一滴江南的早春。正如仲秋是一滴草木之露,深秋是一层板桥之霜,而冬天是一线远山之雪一样。一滴水的不同样子,轻轻化为一串时间的珠链。

　　水与时间的缠绵,从来是你中有我,我中有你。

　　大江东去的荡涤,滴水穿石的雕刻,更深露重的细数……时间的喻象里充满了水的柔和与坚定。

　　水流在大地之上,亦流在时间深处。就像雨,落入世间万里山川,亦落入你的半亩心田。

　　水是时间的写意。就像雨,是心事的布景。

　　天与人,总是神奇地化作生命的整体。

　　半月前，时间已然进入春天的地界。然而，那些青色的力量依然在远处踟蹰。

　　大地像一个沉睡日久的巨人，从东风呼唤里醒来，从宿根的悸动里醒来，从种子的胎音里醒来，从啼啭的鸟语里醒来。此刻，春之血脉、骨骼与经络，如同旌旗一样在风里啪啪作响。

　　就在春天颤动的角音里，在料峭的风中，一个湿漉漉的音节正传遍山南水北，它叫雨水。

　　等待一场春雨，就像是等待一场天意，等待一场无远弗届的恩典。

　　《月令七十二候集解》云："雨水，正月中。天一生水，春始属木，然生木者，必水也。故立春后，继之雨水。且东风既解冻，则散而为雨水矣。"

　　你说，还有怎样一种加持会胜过春天的雨水？

　　沙沙，沙沙，沙沙。人世间最柔和的声音，莫过如此吧？是的，那么弱的芽，那么细的叶，那么小的花，倘若不是出乎浩大的慈悲，怎么会如此轻言细语，又如此柔情深种？

　　天空，总是这样深深地懂得大地。

　　唯有霏霏细雨，才是春天对万物的爱意。在漫天垂怜的目光里，摇篮里那些嗷嗷待哺的稚花嫩叶，不可能承受住"白雨跳珠乱入船"的鞭打啊。

　　在一切幼小的生命面前，守望与呵护、期待和成全，原是至高无上的天意。明乎此，现代人又有什么理由在教育的辞典里写下那么多功利、急躁与粗暴？

孟子说："君子之所以教者五：有如时雨化之者，有成德者，有达财者，有答问者，有私淑艾者。此五者，君子之所以教也。"

无论教育的言说如何姹紫嫣红，哪一种言说能像"春风化雨"四个字这样"致广大而尽精微"？

"随风潜入夜，润物细无声。"杜甫之后，似乎找不出更美的春雨吟咏。那是公元七六一年的春天，五十岁的杜甫终于停下漂泊的脚步。在成都郊外的草堂，在那个泛着杏黄光亮的雨夜，诗人老瘦的皱纹里纵然布满了离乱与沧桑，他的心头却柔软得如同少年。

一夜喜雨，数点江山，万千造化。诗情与春雨，就那样密密地斜织着，分不清是诗意迷蒙在春雨里，还是春雨飘落在诗句中。

千丝万缕的雨水，牵起苍茫天地，亦牵起世道人心。可以说，"雨"这个汉字意象，生长着五千年不绝的诗情。

没有哪一句诗里的"雨"会完全相同。

杏花雨在早春，梧桐雨在晚秋；"山雨欲来风满楼"里有黑云压阵，"寒雨连江夜入吴"里有楚山孤零；"渭城朝雨"里有清新，"新朋旧雨"里有友情；"天街小雨润如酥"里有甜美，"多少楼台烟雨中"里有苍茫；"夜来风雨声，花落知多少"有春天的伤逝，更有生命的悲悯……

即使不在诗里，又有哪一段人生不与风雨同行？

"更能消几番风雨，匆匆春又归去。"风雨是变幻的自然，何尝又不是起伏的人生？

雨为时间命名，时间亦在定义雨声。

"少年听雨歌楼上，红烛昏罗帐。壮年听雨客舟中，江阔云低，断雁叫西风。而今听雨僧庐下，鬓已星星也。悲欢离合总无情，一任阶前，点滴到天明。"

在老屋的石阶前，在雨打泡桐的清晨，在飞驰的列车窗下，不知多少次想起这些句子。

每一次想起，就像是一场岁月的重温。

青春，像一座歌楼；中年，像一叶客舟；晚岁，像一间僧庐。

莫非，勃发、飘零与归隐竟是一场人生的宿命？

雨是天地的对话，也是心语的弹奏。不同的雨，响起不同的弦外之音。

于是，听雨，就是听天地，听内心，听一切梦想与祈祷的声音。

"世味年来薄似纱，谁令骑马客京华？小楼一夜听春雨，深巷明朝卖杏花。矮纸斜行闲作草，晴窗细乳戏分茶。素衣莫起风尘叹，犹及清明可到家。"

这是陆游晚年的诗句吧？与李商隐的"秋阴不散霜飞晚，留得枯荷听雨声"一样，那么复杂的人生况味，只能交给淅淅沥沥的雨水去代言吧。

听雨，从来是一种充满禅意的静与慧。

在二十世纪三十年代的西南联大，每遇南国雨季，那些临时搭建的铁皮教室就溅起啪啪啪的回声。当雨声盖过先生的话语，先生便会在黑板上写下：静坐听雨。然后，师生便一起在雨里静穆。那是怎样一些宁静致远的博大心灵啊。

怎样长长的人生，终归是一蓑烟雨。未来与过往，故土与远方，家国与江山，全在那雨的声响里。

余光中先生说："整个中国整部中国的历史无非是一张黑白片子，片头到片尾，一直是这样下着雨的。"在他的文字里，雨是古老的中国节奏，是黑色灰色的琴键，是同根同源的岛屿和大陆，是天各一方的痛与伤。

雨是耕夫的欢喜，却是诗人的忧伤。

二十世纪二十年代，一个二十二岁的青年，撑着油纸伞，独自彷徨在江南的雨巷，他希望逢着一个"丁香一样的结着愁怨的姑娘"。那姑娘，可能叫爱情，可能叫理想，抑或叫生命的光亮。

这个叫戴望舒的年轻人，第一次将心中的寂寥和忧伤诉诸响亮的韵脚，写下这些充满象征的诗行。从此，雨巷的青石板上听得见孤独的清响。

文化与文学被赋予了雨水的气质和性格。然而，节气里的雨水，原本没有这么多平平仄仄的婉转，也没有这么多曲曲折折的寄托。

雨水就是雨水，就是天空对降水的号令。

"心事浩茫连广宇。"这时候，你最好坐到窗前看雨雾氤氲。

雨有雨的美，晴有晴的美，雨过天晴更是另一番滋味。正如苏轼笔下的西湖:"水光潋滟晴方好,山色空蒙雨亦奇。若把西湖比西子,淡妆浓抹总相宜。"

雨后往往充满生命的惊喜。从日日经过的小园里走过,忽然就遇见一树盛开的山茶。那么饱满,那么丰沛,那么圆润。浓绿与淡绿,深红和浅红,那留在花瓣间的晶莹雨珠里,闪烁着整个世界的从容与素雅。

其实,雨水远不只是落在诗人心里,它公平地落在众生心里,从无"分别心"。

雨水落在江河,游鱼听见水暖的消息;雨水洗过天空,南方的鸿雁听到归来的召唤;雨水落在山间田野,草木萌发出春天的初心。

先民们从雨水里听见了所有生命的感应,他们将"獭祭鱼""候雁北""草木萌动"视为雨水"三候"。

"獭祭鱼"是雨水之候,"豺乃祭兽"是霜降之候,"鹰乃祭鸟"是处暑之候。你看,水中之鱼,山中之豺,空中之鹰,它们与人间一样,都有一个共同的仪式,那就是"祭"。

或许,"祭"就是那贯通世俗与神明的精神超越,就是万物归仁的价值纽带吧。禽兽尚如此秉持天意,何况乎万物之灵?

节气与节气之间是一种轮回。有去,就有回;有死,就有生。

你看,霜降里说"草木黄落",到了雨水则是"草木萌动"。雨水降临后的人间,山川草木都因"萌动"而吐露风华。

白露里说"鸿雁来",到了雨水又重申"候雁北"。白露时的大雁飞向南方；雨水时的大雁，则离开南方。

　　二十四节气的征候，永远都离不开花鸟虫鱼，而最得偏爱的却是雁。在传统文化里，大雁集"仁、义、礼、智、信"于一身，是愿力与信仰的象征。由是，佛教存放经书之楼，名之曰大雁塔。有情人之间的文字往来，谓之鸿雁传书。

　　江河，是时间的流逝；雨水，是时间的样子。草木枯荣，大雁南北，燕子来去，它们都是时间的牵挂。

　　雨水如此催生万物，人类又如此背影匆匆。我不知道，花谢花飞之间，究竟有多少背影会赢得历史的追问或垂询？

惊蛰

初候
桃始华

二候
仓庚鸣

三候
鹰化为鸠

惊蛰

春雷惊破百虫
看忙碌人间的
梦与醒

整个冬天，天空都很安静，连飞鸟的影子都极少见到。

时间，仿佛被无数灰色的云朵注视，被一种期许和信念的光注视。直到有一天，那安静的时光终于被一场乍暖还寒的春雨濡湿。

这时候，《九九消寒图》的笔触里渐渐饱满了庭柳泛青的色彩，斜风细雨中听得见草木汁液的怦然心动，春天的脚步，从响彻于风中到掬起于水上，最后颤动在枝头。

天空开始了沉思。它始终记得，大地之下还是一个沉睡的世界，它属于百虫。

与人的世界相比，虫的世界如此熟悉，却又如此陌生。

几乎没有人去在意虫的一生，更不会在乎它的告别与归来。甚至，虫豸世界的毁灭或生存，人类也不见得关心。在我们匆忙的时间里，早就容不下一株植物的生死，或一头野兽的命运。

人类的高傲和孤独，足以遮蔽世间所有卑微的营生。

天空，显然不会是这种格局。在它眼里，春天的唤醒关乎众生。草木，百兽，蝼蚁，无不与人类一视同仁。

终于，天空像神话里的盘古，凭借它蕴积了一个冬天的力量，以闪电驱散沉默，以雷音震荡山川，令一声尖厉的啸叫穿过地层。

这一声惊天的霹雳，就是惊蛰。

惊蛰，汉代以前称为"启蛰"，以避汉景帝讳。这是二十四节气中的第三个节气，也是春天的第三个节气，标志着仲春时节的开始。

《月令七十二候集解》："二月节……万物出乎震，震为雷，故曰惊蛰，是蛰虫惊而出走矣。"蛰者，动物入冬藏伏土中，不饮不食；惊者，春雷惊醒冬眠的动物。

暖风是春天的手，惊蛰则是春天的声音。

宇宙浩瀚，画在伏羲氏的八卦图上，却只有天、地、日、月、风、雷、山、泽。在先民眼里，世间一切变易的"理"和"数"，无不源于这八大"象"。

天地正位，日将月就，风雷相搏。雷，乃生命之能。

当惊蛰的雷声响起，你会豁然敞亮：原来，没有哪一个季节只有一副面孔，就像没有哪一种生命只存在一种可能。

春天有细雨润花的阴柔，亦有云天炸裂的阳刚；有俯首低眉的切切呢喃，亦有金刚怒目的石破天惊。

惊蛰，响彻在梦与醒的边界。

　　于百虫而言，冬天不过是一个梦境。醒着的人间，忙碌而欢娱；虫声入梦，还哪里在意寒夜诗酒、红梅傲雪？

　　地上是醒，地下是梦。两个世界，一个时空。生命，亦幻亦真。

　　大地是百虫的温床，亦是人类的供养。它睡在沉默里，醒在时间中。它掩埋着落叶，掩埋着时间。时间之下的文字，都在泥土里。

　　看吧，四羊方尊，金缕玉衣，三国竹简，哪一件文物不是那个时代的艺术与文明？更何况，地层之下还埋葬过那么多不安的思想与灵魂。

　　惊破百虫之梦的，是春天；叫醒人类之梦的，是黎明。然而，人类不同于蝼蚁，他有自己的精神，他会站立在文明的高度，去重新定义梦与醒。人类的梦想，岂止像百虫一样穿越寒冬，它足以穿越生死，穿越千百年历史烟云。

　　梦与醒之间，是中国人的生死观：生如梦醒，死如长眠。梦与醒之间，也是中国人的时间观：历史可能沉睡，时代必然苏醒。

　　唯其如此，我们才敬仰那些思想的"惊蛰"，那叫醒过一个时代的"惊蛰"。

　　俄国十月革命是社会变革的"雷音"，布鲁诺的"日心说"是科学革命的"雷音"，胡适的《文学改良刍议》是白话文学的"雷音"……

　　对于近代中国这头睡狮而言，来自西方的坚船利舰又何尝不是另一种"雷音"？

　　梦与醒，是自然生理，更是文化生命。这中间，藏着伟大的时间相对论。正如庄子《逍遥游》里所说："朝菌不知晦朔，蟪蛄不知春秋，此小年也。楚之南有冥灵者，以五百岁为春，五百岁为秋；上古有大椿者，以八千岁为春，八千岁为秋，此大年也。"

惊蛰是一个春天的号令，又何尝不是千年春秋的号令？

"九九加一九，耕牛满地走。"惊蛰之后，一大片一大片的江南水田里，到处是春耕的忙碌。

童年的记忆里，毡子似的紫云英铺到天边。每当这时候，父亲就吭哧吭哧地赶着那头老水牛从田间走过。犁铧过处，泥土如书页翻开。

"耕耘"二字，从那时候，就在我心间弥漫着青草的气息。

耕亦读，读亦耕。在千年农耕文明里，写字谓之笔耕，砚台谓之砚田。对我们而言，耕耘是最美的生命姿势，也是最大的生存哲学。

《易经》里说，"见龙在田，天下文明"。在中国民间，有"二月二，龙抬头"之说。此时，天上的龙宿星，状如蛟龙昂首。是的，有耕耘，大地就是文章，生命就有亮光。

惊蛰之美，有声之雄浑，亦有色的妖艳，音之婉转。

"一候，桃始华；二候，仓庚鸣；三候，鹰化为鸠。"此为古人所描述的惊蛰"三候"。

实在无法想象一个没有桃花盛开的春天。那不只是不完整，简直就是失去了春之魂。

记忆中的那爿乡间老屋，黑瓦泥墙，简陋潮湿。然而，就在低矮的灶房屋角处，每年都会如期盛开一树桃花。那么明媚，那么深情，仿佛是春之神以画笔点染于斯，让一屋贫寒绽放出一角欢娱和憧憬。

或许，一个乡间孩子的审美，就从一棵桃花那里启蒙吧？

"桃之夭夭，灼灼其华。之子于归，宜其室家。"

中国古人的爱情代言，其实不是玫瑰，而是桃花。这渊源，可追溯至《诗经》。桃花的美，契合了妙龄女子不期而遇的浪漫与热烈，又呼应着心事隐秘的羞涩与缤纷。以桃花的气质与禀赋，实在没有理由不代言人间的缘分与爱情。

"去年今日此门中，人面桃花相映红。人面不知何处去，桃花依旧笑春风。"

崔护的这首绝句，并无妍词丽句，只任人面与桃花的意象在时间里反复叠映。就在这叠映中，人们读到情到深处的执念，亦读到物是人非的沧桑。

在所有花木中，桃树最易老，桃花最易凋零。因此，桃花的美感里总藏着些许红颜命薄的悲情。然而，诗人们并不会陷入《葬花吟》的凄美之中。

古往今来，挣脱爱情隐喻的桃花，一样美得海阔天空。

"桃花潭水深千尺，不及汪伦送我情。"在李白笔下，桃花是他与朋友的友情。"玄都观里桃千树，尽是刘郎去后栽。"在刘禹锡笔下，桃花是他一生的沉浮。朗州十年之后，他奉召回京。不料又因此诗而开罪于权贵，再贬连州。那一年，他四十六岁。待他满面风霜地重回京城，时间又过去了十四年。玄都观的桃花不见，但他倔强的风骨依然如春日芬芳。

"百亩庭中半是苔，桃花净尽菜花开。种桃道士归何处，前度刘郎今又来。"

桃花开过，是杏花。杏花春雨里，黄鹂开始歌唱。那歌声，没有杜鹃的哀怨，只有花间的清新。

就像对于百虫了解无多一样，对于百鸟我们一样极其陌生。我们何曾像杜甫、白居易、王维、韦应物那样，真正将自己的目光与耳朵，交给那枝上黄莺？

我们对黄莺的了解，或许也只在诗里吧。

"两个黄鹂鸣翠柳，一行白鹭上青天。""几处早莺争暖树，谁家新燕啄春泥。""漠漠水田飞白鹭，阴阴夏木啭黄鹂。""独怜幽草涧边生，上有黄鹂深树鸣"……

与惊蛰的雷音不一样，黄鹂是春天的歌者，一个作词作曲演唱的全能歌者。

有时候，它却不解风情，惊了离人的春梦。"打起黄莺儿，莫教枝上啼。啼时惊妾梦，不得到辽西。"

鹰化为鸠，为惊蛰的第三候，此时正是蔷薇花开的时候。

鸠者，布谷鸟也。古人见此鸟，以为老鹰所化。在他们看来，这所化之鸟，"口啄尚柔，不能捕鸟，瞪目忍饥，如痴而化"。二十四节气的征候里，总见这个"化"字。如寒露第二候为"雀入大水为蛤"，即以为彩羽鸟雀化作了海滨贝壳。

　　莫非，这是先民对于时间与生命轮回的另一种表达？

　　相对于黄鹂鸣叫，布谷声里多了一份催春的节奏。

　　当"布谷——布谷——"的声音在云天外响起，我们的心里是
否也泅开一片烟雨水乡？所有春天的祝福，是不是也一颗一颗落入
了软软的春之土壤？

春分

初候
玄鸟至

二候
雷乃发声

三候
始电

春分

春分

东西文明
分流交汇
唯世间法度
不偏不倚

《月令七十二候集解》："春分，二月中。分者，半也。此当九十日之半，故谓之分。"《春秋繁露》说："春分者，阴阳相半也，故昼夜均而寒暑平。"

一个"分"字，让不偏不倚成为世间的法度；一个"分"字，亦让斤斤计较成为权衡得失的机心。

你问春天，一山春草何以"分"？一溪春水何以"分"？一座烟雨迷蒙的楼台，一片风和日丽的春光，又从何处去找寻那条几何意义上的对称线？春分之"分"，从来就不在那些具体而微的人事风景上，它属于超然形外的生命大时空。

此刻，且化作一只"其翼若垂天之云"的大鹏，逍遥于九万里之外吧。此刻，你看到，地球不过是一粒旋转的蔚蓝。宇宙找不到边界，云朵从不拥挤。越是空间浩瀚，你越觉自己是苍茫里的一粒尘埃。

越过无数密集的人头与高傲的建筑，越过那自以为是的伟大与巍峨，我们置身于前所未有的大空间，安静地与太阳相对。

今天，它刚刚完成了一次美丽的旋转，正驻足于一个叫黄经零度的起点上。太阳的光，像一根根琴弦，直直地射在赤道之上，仿佛发出柔和的声响，亦如秋分。太阳周而复始地行走在自己的空间和轨道，它的神意里只有众生。所谓黄道与赤道，都是人类的假想。

生命的秩序就在日将月就中形成。黑与白，昼与夜，阴与阳，此消彼长，相克相生。阴至极，而阳生；阳至极，则阴生。以北半球论，冬至白昼至短，随后渐长。夏至白昼至长，而后渐短。于冬至与夏至之间，春分之日则昼夜平分。南半球，反之。

阴阳，恍如奔流不息的血脉，悄然勾勒出一幅无形的"太极"。天地间，充盈沛然之气。风云相搏，山水相依，众生相爱。

每年公历三月二十日前后，太阳就出现在这个位置，不急不慢，不悲不喜，仿佛一场千古约定。

清代潘荣陛说："春分祭日，秋分祭月，乃国之大典，士民不得擅祀。"千百年来，每逢春分，皇城都上演一场祭日大典。祭所在日坛，与月坛呼应。在先民心里，日月皆为神明。

太阳的神性远非只存在于中国文化里。今之伊朗、土耳其、阿富汗、乌兹别克斯坦等地，他们以春分为新年，已有几千年的历史。更为神秘的，则在玛雅文明的遗址里。

玛雅人创造了世间最完美的历法。在那里，太阳神基尼·阿奥的雕像，生着螺旋形眼睛，披着羽毛丰满的翅膀。玛雅人修建起的库库尔坎金字塔，高约三十米，四周分别由九十一级台阶围绕，塔顶为羽蛇神庙。台阶总数为三百六十四级，再加上塔顶神庙，共三百六十五阶，刚好象征一个太阳年的三百六十五日。

每年春分日落之时，太阳照着北面一组台阶的边墙，形成曲曲折折的七段等腰三角形。若连起底部雕刻的蛇头，仿佛有一条巨蟒正从塔顶向大地游来，这意味着羽蛇开始苏醒。至秋分，它又游回神庙。每年，这个幻象持续三小时二十二分，分秒不差。

宇宙"大空间"如此不可思议地映射在神庙前的光影里。时空，是生命的确证。与宇宙"大空间"相应的，却是历史"大时间"。在"大时间"流动中，我们会清晰地看到历史的更替，文明的盛衰。

国人称历史为"春秋"。按南怀瑾先生的解释，春秋不冷不热，天地均和，意味着我们在重现历史时不偏激，秉持一种"持平之论"。

春分之日，且以"持平之论"为立场，一起来回望东西方文明演进的轨迹吧。你发现，每一个当下都是时间的分野。背后，是历史的波诡云谲；前方，是未来的风雨迷蒙。

孔子与苏格拉底所处的时代，是人类文明共同的"轴心时代"。至公元一世纪左右，东西文明"势均力敌"。公元三至七世纪，以西罗马帝国衰亡为标志的西方文明走向衰微，而以大唐盛世为标志的东方文明如朝暾喷薄。至公元十世纪的宋代，中国人口过亿，市场、外贸、科技、信用工具及社会福利，均领先于世界，特别是指南针、火药、印刷术，成为这个时代改变世界的标志。正如陈寅恪先生所言，华夏文化"造极于赵宋之世"。也正是从此时开始，西方通过阿拉伯人、西班牙人，并凭借伊斯兰文明崛起的历史机遇，重回希腊古典文明的源头以汲取滋养，悄然完成了西方文明的历史再造。自十二世纪起，西方文明孕育出人类的第一批大学；十三世纪的欧洲经济反超中国；在十四至十七世纪三百年间，西方文艺复兴运动更是风急天高。

十四世纪，成为东西方文明的一个分水岭。以中国为代表的东方文明坐失文明再造的历史机遇。元、明、清三代，政治上专制，经济上统制，社会上管制，闭关自守三百年，俨然成了自外于全球的一个"小宇宙"，他们对于欧洲工业革命、电气时代所带来的科技变革与社会进步，置若罔闻。直至十九世纪马戛尔尼访华，笼罩于这个庞大而古老帝国的神秘面纱与美好传说才被撕裂。他直指当时的中国是一艘"破败不堪的旧船"。自此以后的两百多年时间，西方文明一直在彰显其强劲的生命活力。

当宇宙大空间与历史大时间交织成你的视野，你会不会看见另一种高远而深刻的"分分合合"呢？我们终归回到大地，回到每一个"耳得之而为声，目遇之而成色"的小时空。

春分到，桃红李白的时间都开在风里，天地间弥漫起酥软与芬芳。那微醺，亦如情欲蠢蠢。此时，江南铺开一大片一大片柔软的水田，等待着一颗颗饱满的稻种。万物皆怀春，人类岂能自禁？《周礼·地官》云："中春之月，令会男女。于是时也，奔者不禁。"按远古习俗，春分前夜正是男欢女爱、纵情欢愉之时。赤裸裸的生命原力，曾在怎样浓香的夜色里喷薄横流啊。此种民间风习，亦曾传至日本。

"春分麦起身，一刻值千金。"

那点染于绿野间的小小身影，将一双脚深深踩入春泥，农夫的肢体便接通了天地的柔软与欢欣。而当他们从田间回到廊下，便又对着山外的天空兀自凝神。

"玄鸟至""雷乃发声""始电"春分"三候"，如此简朴而古老。

玄鸟，即燕子。其身黑白，如阴阳；其声柔美，如呢喃；其踪有信，如神迹 。春分归，秋分去，燕子是时间的信物。此鸟筑巢堂前，与人类相亲相爱，如一串飘扬的音符，牵动着家园与远方；又像一把玄妙的剪，沿无形的中轴轻轻剪开春秋。

在三皇五帝的神话时代，玄鸟与凤鸟、青鸟、伯劳、丹鸟一样，均为少昊部落的图腾。至商代，玄鸟更被视为其始祖。"天命玄鸟，降而生商。"《史记·殷本纪》载，契乃商祖，其母为简狄。阳春三月，简狄与帝喾行浴之时，"见玄鸟堕其卵，简狄取吞之，因孕，生契"。

燕子岂止于低低飞过的诗意？它是神圣而至尊的生命来处。从那以后，历代帝王莫不以天降异象述其身世，或见巨人足迹而孕，或梦真龙入胸而生。帝王降临世间的那一刻，无不"满室红光"。

然而燕子的庄严与神性，终归淹没在诗性里。自《诗经》起，它始终背负着一个古国的春天。

"旧时王谢堂前燕，飞入寻常百姓家"，燕子是历史，轻盈地飞进时代的家园；"几处早莺争暖树，谁家新燕啄春泥"，雏燕的欢歌里，永远是春天的新绿；"落花人独立，微雨燕双飞"，劳燕分飞处，离人落寞时；"细雨鱼儿出，微风燕子斜"，踏青于槛外，遣心于田园；"燕子飞时，绿水人家绕"，豁达苏轼，连相思都如此清新悠远……

燕子飞过的天空，偶尔有深灰浅灰的雨云，在山前山后暗暗涌动。雨下了，不再在花叶间沙沙细语，它响亮地敲响黑色的瓦楞，敲响暮鼓与晨钟，并伴随电闪和雷鸣。

在混沌初开的岁月里，一道闪电就是一道生命的惊恐。人类的高贵与理性，就在于惶恐之后的探询。

东汉王充率先将雷电从神坛拉下，认定它是自然现象。至于雷电之形成，古人将之归于哲学。《淮南子·天文训》说："阴阳相薄，感而为雷，激而为霆。"崇尚实证的西方人不同，他们以探究为驱动，以知性为理路，一步步打开了"闪电"之门。自十七世纪起，西方人以实验解开"电"的神秘。至十八世纪，美国的富兰克林曾将风筝放至雷电交加的雨云之下，通过实验，将雷电描述为正负电荷。他是人类第一位正确阐述了"电"之性质的科学家。

自然的天启与神示，终归落脚为人间的发现与创造。"电"的发现，开启了一个文明的时代。电气成为继石器、青铜、铁器之后的时代表征，正如"移动互联网"之当下，"智能机器人"之于未来。

春分涵蕴着哲学的和谐与从容，何尝又不是一种科学昭示？好奇、玄思与实证，都将推进人类春天的进程。

清明

初候
桐始华

二候
田鼠化为鴽

三候
虹始见

遍寻灵魂净土
还有什么
比它辽阔而干净

还有哪两个汉字更能安顿世界与人心？还有哪两个音节如此辽阔而从容？

清，明。

天清，水清，风清；日明，月明，花明。政治呼唤清明，社会呼唤清明，内心何尝不在渴求清明？

《历书》云："春分后十五日，斗指丁，为清明，时万物皆洁齐而清明，盖时当气清景明，万物皆显，因此得名。"

春天行至此，所有的"昏暗"留在身后，天地豁然开朗，万木欣欣向荣。

这是自然节令，亦是人间节日。

对现代人而言，清明的代言者是晚唐那个叫杜牧的诗人。

"清明时节雨纷纷，路上行人欲断魂。借问酒家何处有，牧童遥指杏花村。"

细雨纷纷的哀愁，生死茫茫的伤痛，或许只有在杏花与酒的沉醉里，才能获得些许纾解吧？

每年到了这个时候，你穿过那条"山翠拂人衣"的幽径，将一串纸花挂在坟头，也挂在百鸟和鸣的风中。香烛燃过，鞭炮响过，你跪在小小的墓前喃喃细语，像一朵野花对着天空。

祖宗虽远，祭祀不可不诚；子孙虽愚，经书不可不读。

是的，这是生者对话逝者的日子，是子嗣祭奠先人的时刻，更是此岸寄语彼岸的约定。

天空，从来没有如此清朗明澈；山水，从来没有如此清幽明媚；内心，也从来没有如此清洁而光明。

你想，倘不是这等清明的人间，我们何以去迎候那么多来自净土的魂灵？

此刻，荆棘上的那朵白花，一尘不染；草丛里的那丛黄花，亮若星辰；而枝上的红樱，美得如此心醉，又寂寞得令人心疼。极目望去，有哪一朵花不在吐露漫山遍野的思念？

墓祭之风，始于战国。唐代以前，最大的祭扫之日不在清明，而在寒食，唐太宗甚至为此下令。尔后一千多年，寒食、清明并提，皆为祭扫之日，正如白居易所咏："乌啼鹊噪昏乔木，清明寒食谁家哭。"宋元之后，清明才逐渐取代了寒食。

何为寒食？寒食者，冷食也。于先民而言，一枚火种犹如一尊人间神祇。一年之内，熄旧火，续新火，那种神圣无异于今人对于奥运火炬的态度。

"春城无处不飞花，寒食东风御柳斜。日暮汉宫传蜡烛，轻烟散入五侯家。"

按唐代风俗，寒食禁烟。至清明之日，皇帝会将宫中所钻的榆柳之火赏赐近臣。

寒食、清明作为祭扫之日，与晋文公与介子推的传说相关。然而，千百年来，清明节的心情，那么深，那么重，以至于人们渐渐忽略这个节令里的青色气息，亦渐渐丢失了原初意义的"清明"。

旧时的清明，是一段烂漫的春深时光。它涵括紧相毗连的上巳节、寒食节，而这两个消逝的节日里存留着太多属于春天的率性与本真。

三月三，曾是多么浪漫而风雅的一个节日啊。每年此时，青年男女相约于河畔水滨，纵情宴饮，纵情歌唱。他们将那芬芳的美酒洒向清清江水，以一丛兰草洗却周身的脏污。古人将这种自我清洁的仪式，称为祓禊。

杜甫诗云："三月三日天气新，长安水边多丽人。"

风和日丽，水碧天清。人们以身心的干净去呼应天地的清明。然而，今天的三月三日就像寒食节一样，全然变得陌生。

好在中国文学史、艺术史与教育史都为这个节日提供了生动的见证。

那是公元三五三年的春天，在绍兴，在兰亭。

　　那一天，天朗气清，惠风和畅。时任会稽内史的右军将军、大书法家王羲之，邀集四十二名王、谢世族子弟及江南名士会于山阴，一时间，"群贤毕至，少长咸集"。

　　一千六百多年过去，那撼人心魂的春日芳华，依然绽放在《兰亭集序》里。那不朽的文字与书法里，见得到崇山峻岭的苍翠，茂林修竹的幽雅，清流激湍的素洁，曲水流觞的欢畅。那么美的水色山声，那么美的天光云影，那么美的诗酒雅韵，终归，都是那稍纵即逝的风景。生命苍苍，春水泱泱。人间的美，都是如此匆遽。

　　"虽世殊事异，所以兴怀，其致一也。后之览者，亦将有感于斯文。"对人间美好的感怀，对天地大美的共鸣，那才是对于时间的坚强抵抗，才是对于生命有限的最大超越。

　　欣赏被誉为"中国行书第一帖"的《兰亭序》，那里看得见生命俯仰，山水映带，感怀萦绕，亦看得见美之顾盼，生死垂怜。那里有儒与道的"中和之美"，亦有"书圣"那一夜的酒香迷醉和自由心性。

　　那是怎样一种风雅，又是怎样一种清明呢？

　　三月"祓禊"之事，也记录在《论语》里。

　　在齐鲁大地上的沂水之滨，曾走过一行踏青者。孔子问志时，弟子说："暮春者，春服既成，冠者五六人，童子六七人，浴乎沂，风乎舞雩，咏而归。"听到此处，孔子击节赞叹。是的，就教育而言，还有什么境界可以高过美的召唤？

　　扫墓的清明，更多生命的背负；而雅集的清明，更见生命的自由。

一杯敬过往，一杯敬未来，此之谓也。

古人说，清明有"三候"，一曰"桐始华"，二曰"田鼠化为鴽"，三曰"虹始见"。七十二候中，真正以花为候者，唯桃花、桐花与菊花。其中，惊蛰始于桃花灼灼，而清明始于桐花万里。

我在清明三候里，读到了一个词：干净。

小时候，老屋旁边生有几棵参天泡桐。叶极大，雨点打在上面，砰砰作鼓声。此木长速惊人，木质却极其疏松。每年到了这个时候，站在树下仰望，桐花如一抹紫色的云霞。那些花，状如喇叭，外吐素白，而内含紫红。它们开得纵情，亦迅速凋零。几天之间，树底下便有厚厚的一层，宛如白色的纯洁，紫色的叹息。

"闻莺树下沉吟立，信马江头取次行。忽见紫桐花怅望，下邽明日是清明"，那是白居易的乡愁。"桐华应候催佳节，榆火推恩忝侍臣"，那是欧阳修的惜时。"桐花万里丹山路，雏凤清于老凤声"，那是李商隐的憧憬……

泡桐系梧桐之一。正如《诗经》所言："凤凰鸣矣，于彼高冈。梧桐生矣，于彼朝阳。"凤凰非梧桐不栖。莫非，在它眼里，梧桐才是世间的干净之地？

清明第二候说的是田鼠。此时，它们受不了阳光的煦暖，纷纷潜入地下，化作了羽毛干净的"鴽"。

久居城市，从来不曾关注过那个叫田鼠的小动物，倒是忽然想起两个与"鼠"相关的儿童绘本。

一个叫李欧·李奥尼的美国人，创作了一个全球孩子爱读的绘本故事《田鼠阿佛》。对人类而言，那更像是一个寓言。当其他田鼠忙着准备过冬食物时，这只叫阿佛的田鼠却在收集阳光、颜色与字词。他试图以一个干净而明媚的故事，去抵抗洞穴里的沉闷与平庸。

另一个是德国人，叫维尔纳·霍尔茨瓦特，绘本是《是谁嗯嗯在我的头上》。一只鼹鼠拱出地面的时候，一坨"便便"正好掉到头顶。为了复仇，他找了鸽子、马、野兔、山羊、奶牛、猪，一一查看他们的"便便"，全都不是。最后，通过苍蝇，才找到那个罪魁祸首，原来是狗。鼹鼠"以其人之道还治其人之身"，在熟睡中的狗的头上拉了一坨"便便"，然后仓皇逃到洞中。对于鼹鼠来说，那个美好而短暂的春天里，有没有一天是"干净"的呢？他没有闻过一朵花香，也没有听过一声鸟鸣，闻够了各种粪便气味之后，春天就完了。

这分明是一个人类的寓言啊。

清明第三候是"虹始见"。虹，如今是多么难觅芳踪。那概率，或许远不及你见到那些名字里带"虹"的女性。

现代城市，早就让彩虹无处容身。虹，不能不选择更高远、更古老的地带，如雪域高原，如千年湖畔，如原野尽头。

那里的天空，才叫干净。

是的，谁叫这个节气是清明呢？是清明，就得干净。

当你看见彩虹跨越山谷，请相信：细雨中会传来三月的鹧鸪声声。

谷雨

初候
萍始生

二候
鸣鸠拂其羽

三候
戴胜降于桑

谷雨

一个民族的

细腻诗意何在

雨，天生的文艺气质。

桃花雨，杏花雨，黄梅雨，梧桐雨，芭蕉雨乃至春雨，秋雨，黄昏雨，江南雨……

哪一种雨的修饰，不是一个古典诗境？哪一种雨的叫法，不氤氲着东方美学？

唯独谷雨，不一样。

它朴素，沉着，明亮，却又饱满。

谷，雨。这两个奇妙的仄音组合到一起，像是天空押向大地的韵脚。相对于桃花雨、杏花雨，谷雨的意象、谷雨的声响里，自有一种蕴藉而执着的力量，带着雨水的质感，和大地的胸怀。

我对谷雨的感觉，与其说源于"雨"，莫如说源于"谷"。

儿时的老屋里，立着一个硕大的木桶。高米许，径四尺，盖圆，箍竹为边。桶置于窗下，兼作书桌。几十年过去，木桶不知所踪，只是记得那桶里盛装的金黄稻谷。

那是红薯丝当饭的时代。一家老小的口粮，多在那个木桶里。每次我看见父亲揭开桶盖，一瓢一瓢将谷子倒入箩筐时，他的神情很肃穆。谷粒的明黄，衬着他那半头斑白。那沙沙作响的空气里，似乎存有一场无声的仪式。

或许，那正是青黄不接的时候吧。窗外飞着雨，抑或飘着雪，那一桶谷子，就像是一桶温情的安慰。一颗颗谷粒，亦如一粒粒阳光。双手捧起，是沉甸甸的喜悦。伸进谷堆，就像触到父亲那双正在田间劳作的手。

谷子，是大地的哲思。如果，花朵是大地的诗语的话。

一株禾苗，从分蘖、打苞、扬花到稻穗的渐渐饱满，轻轻低头，那过程是否有过姹紫嫣红的美丽？是否有过沁人心脾的芳菲？没有。然而，稻谷以其素净的本真托起了苍生。

谷子如此稳重，低调，含蓄，亦如泥土。每一粒谷，贮满了日月雨露的精华。然而，若不是将其碾成米粒，若不是进入烹米为饭的过程，你压根儿都不曾知道，原来稻米之中藏着足以盈室的生命清香。

一粒谷的记忆，显然不会没有"谷雨"。

谷雨，春天的最后一个节气。这节气，似乎有理由生出"花褪残红"的暮春伤感，或生出"常恨春归无觅处"的怅惘若失，然而，它没有。相反，这一段时光里听得见大地遇见五谷后的那一声怦然心动。

正如《月令七十二候集解》中所说："三月中，自雨水后，土膏脉动，今又雨其谷于水也。雨读作去声，如'雨我公田'之雨。盖谷以此时播种，自上而下也。"

雨生百谷，这是自然天宇下的谷雨。在远古传说中，谷雨是什么呢？有一个神奇的春夜，天之所降，竟然不是雨滴，而是真实的谷粒。

这一场"谷雨"关系到文明史上一个极重要的人物，他叫仓颉。

相传，仓颉为黄帝史官，受命创造文字。无数次徘徊于星空之下、田垄之上，仓颉仰观天象，俯察万物，云天、山川及鸟兽形迹均给他以摹画、象形的启示，终于以他为主，创造出以象形文字为核心的中国汉字。

按朱大可先生的说法，汉字成于商帝国中期，其实也是全球化的一个产物。汉字的形成并非孤立、封闭的，在形成过程中，也搜集和参照了当时埃及的象形字、苏美尔的楔形字及印度的印章符号。

我们姑且不论文字创造的历史过程与场景，只要闭目遥想就会深深震撼。对于人类生存而言，文字的出现究竟是怎样一种伟大与辉煌啊。有了文字，意味着记忆可以留存，时空可以超越，文明可以对话，文化可以交流，而人类的精神世界借以超越时空，我们从此拥有了人类的共同记忆及不老家园。是的，文字让人类成为一个浩荡的文明共同体。

还有什么样的人类创造比这更宏伟，更叫天地战栗、叫鬼神惊惧？难怪《淮南子·本经训》说："昔者仓颉作书，而天雨粟，鬼夜哭。"

每年谷雨节，在陕西白水县的仓颉故里，都有一场缅怀和祭祀文字始祖仓颉的盛典。我想，为什么偏偏让谷雨的传说与仓颉造字的神话相遇？

一滴雨，就是一粒谷；一粒谷，就是一个文字。

雨降于天，谷生于地，字出于人。我们对于文字的审美，何尝不是秉持雨水与谷子的法度？

真正有益于人世的文字，总像谷子一样，饱满、充实而丰盈。凡是成了秕谷的文字，都是对雨水和大地的辜负。

谷雨的朴素与深刻，都在这里。

生长谷物的大地，也在生长乡愁。对游子而言，米饭的滋味就是故土的滋味，而一杯清茶，总倒映出家乡的天空。

中国南方，向来有谷雨摘茶的习俗。每逢这一天，漫山新嫩的茶叶会迎来无数采茶的素手，他们都来采摘谷雨茶。芽叶肥硕，色泽翠绿，叶质柔软，富含多种维生素和氨基酸。

一杯谷雨茶在手，人们惊讶地看见，茶叶中有一芽一嫩叶的，亦有一芽两嫩叶的。前者像那一条带旌旗的枪，名曰"旗枪"；后者像鸟雀的舌头，名曰"雀舌"。谷雨茶的青绿，亦如江南的春天，明媚而风雅。

　　茶叶、丝绸与瓷器，都曾是古老的丝绸之路上的中国标签。谷雨茶也曾漂洋过海吧？人们是否从茶香里遥想过中国的谷雨、东方的天空呢？

　　谷雨，正值"江南草长，群莺乱飞"的暮春。这是一个勃发而伤感的季节。正如宋代词人蒋捷所写："流光容易把人抛，红了樱桃，绿了芭蕉。"这是"杨花落尽子规啼"的春夏之交，南方回暖较快，乃播种五谷、棉花的最佳时机。

　　每一朵花，每一片叶，每一根藤蔓，全在春光里纵情。云天之下，山谷之间，春天的鼓点奏响了：布谷——布谷——布谷——

　　在先民的描述中，谷雨有"三候"：一曰"萍始生"；二曰"鸣鸠拂其羽"；三曰"戴胜降于桑"。

　　萍，一年生草本植物，浮生水面。叶扁平，绿色，背紫红，叶下生须根，上开白花，又称"浮萍"，亦称"青萍""紫萍"。

　　天地那么大，浮萍这样小。然而，它对于温暖和阳光却有着异乎寻常的敏感。因此，萍从来不只是一个节候代言者，而是一个生命或爱情的代言者。

　　萍生水上，圆叶如钱，自有清丽之美。更重要的，它漂泊无根，叫人想到生命本质和人生聚散。于是，少年天才王勃曾在《滕王阁序》里写道："关山难越，谁悲失路之人；萍水相逢，尽是他乡之客。"明末将领文天祥亦曾感慨："山河破碎风飘絮，身世浮沉雨打萍。"清代词人纳兰性德也叹息过："半世浮萍随逝水，一宵冷雨葬名花。"

诗人们从浮萍上看见飘零或相逢，哲学家却看见了联系与因果。此所谓"风起于青蘋之末"。

谷雨第二候说的是布谷鸟。或许，先民习惯于从鸟儿那里获得上天与远方的消息吧？七十二候中，竟有三分之一的征候提及鸟类。鹰、雁、玄鸟、仓庚、雉、百舌等近二十种鸟类都曾做了报告节候的使者。

谷雨时节，若不是"鸣鸠拂其羽"，若不是那声声布谷的春之旋律，或许，我们就不会生出如许情系五谷与苍生的悲悯吧？

第三候也在说鸟，戴胜鸟。此鸟长相极美。在以色列，此鸟因其漂亮的外形、吉祥的寓意而被公选为国鸟。

我不知自己是否见过戴胜鸟。即使见了，也不相识。鸟的世界那么大，我所认识的，只有喜鹊、黄莺之类。太多太多的鸟类，即使就在你的窗外，依然形同陌路。其实，鸟类在地球上的生命史，远胜于人类，我们有什么理由对它们傲慢呢？

桑，作为一种植物，充满悠久而古老的情怀。

陶渊明有诗："狗吠深巷中，鸡鸣桑树颠。"桑树，是村居的标志。汉语里，有一个古典语词，叫桑梓，意即故乡。何故？古人喜欢在住宅周围栽植桑树、梓树，久之，便以树木代指故里。

种植桑树，为的是养蚕；种植梓树呢，为的是点灯。养蚕带来温暖，而点灯带来光明。由是，故乡本是那温暖而光明的所在。

早在《诗经》里，桑树就成了所咏之辞，所比之物。

　　从"桑之未落，其叶沃若"到"桑之落矣，其黄而陨"，人们听到了一段"士也罔极，二三其德"的遥远幽怨。桑，是农耕文明时代的标志，它关乎人类的衣饰。

　　汉乐府里那位叫罗敷的绰约女子，那位令"耕者忘其犁，锄者忘其锄"的绝代佳人，烘托其出场的也是桑树，那是行走于春天的《陌上桑》啊。

　　而今，谷雨依旧，桑树却渐渐稀少。若遇见一株桑树，请坐下来，坐在那里重温中国纺织史吧。从黄河流域、长江流域、天府之国的古代丝织，到明清的南京织造与苏州织造，那些蚕丝织就的绫罗锦绣里，有无数逝去的岁月静好。

　　那是东方农业与手工业的一份荣光。一针一线的编织，编织着时间与美好。那样的质地与图案里，是不是沉淀着一个民族的细腻与安静，诗意和远方？

立夏

立夏

回望先民岁月
一种浩然气象
从夏天生长

夏，这音节里分明挟着一股力量，仿佛从草长莺飞的春日柔光里俯冲而来，任那袅袅余音开出一朵天蓝色的喇叭花。

相对而言，世人似乎对春更加情有独钟。春回大地则喜，春去人间则伤，你见谁在乎过夏天的来来去去？

就像春天被语言拘禁了一样，夏天同样覆盖着大量标签。如柳荫，如冰镇，如星空。

我们回不到遥远的当初，也无法从文字的笔画里获知它的前世今生，更无法理解那沛然而兴的天地节令。

《月令七十二候集解》曰："夏，假也。物至此时皆假大也。"《诗经·小雅·四月》开篇即是"四月维夏，六月徂暑"。

"维夏"二字，令我想起一个湖湘人物：方维夏。一百多年前，他是第一师范的学监主任，兼博物与农业课教师。在那个新旧激荡的年代，维夏先生与孔昭绶、杨昌济、徐特立等人一样，热血未冷，变革维新。他们，恍如一束光，照进毛润之那些"同学少年"的青春里。

方维夏的大名，莫非就从"四月维夏"或"维为立夏"而来？

此刻，我只想越过那些夏天的诗句，漫溯至遥远的历史源头——叩问：为什么中国的第一个王朝自称为夏？为什么这个拥有五千年文明史的民族自称为华夏？为什么我们传统丈量岁月的方式称作夏历？

这是语词的偶然相遇，还是血脉的文化寻亲？

其实，无论如何演变，每一个方块汉字里，都安放着先民最初的心思。

《说文》说："夏，中国之人。"中国，即中原，指黄河流域一带。在远古的农耕文明时代，夏是一个顶天立地的劳作场景。那么健壮的一个人，他仰观太阳，顺乎天时；手持耕具，不负大地。夏，以一个耕者的形象代言了中原。夏族，即汉族。由此，华夏日后亦成为与"夷狄"相对的指称。

诸神之战以后，禹的儿子启第一次建立起世袭皇权的人间秩序。这时候，他处于一个为历史命名的神圣时刻。那不是命名一个新生的婴儿，而是命名一个带血的王朝。斟酌再三，他郑重地选择了这个字：夏。

是的，夏天的生长，如此繁盛，如此丰沛，如此强劲。又还有哪一个文字比它更朴素，更庄严，更能承载那生生不息的江山宏愿？

有人说，夏朝之名，缘于夏后一族。那么，夏后之名，又缘于何处？我愿回到夏的语源里，寻找此间的原始图腾与浩然气象。

　　夏的原初语义，没有哪一条逊色于春秋，或屈让于冬韵。

　　《尔雅》曰："夏，大也。"如夏李、夏屋、夏海。后世有云："中国有礼仪之大，故称夏；有服章之美，谓之华。"由是，中国亦称华夏。《周礼》曰："秋染夏。"夏又有华彩、五彩之意。

　　夏这个季节，上承春光，下启秋色，有如一部盛大而华彩的时间乐章。阳光铿然叩响，白云状如奔马，午后风里飘香。

　　这乐章的第一个音符，就是立夏。"立，建始也。""夏，假也。物至此时皆假大也。"

　　万物假天地之时而步入大开大合、大生大长的生命之旅。没有春的婉约，没有秋的肃杀，没有冬的严峻，夏的词典里就是一派绿意盎然的生长。

　　对于古代皇宫而言，立夏是一场庄重的仪典。这一天，皇帝率百官至南郊迎夏，所到之处便是一片炫目的火红。礼服是朱色的，玉佩是朱色的，连马匹、车旗都要朱色的。那跳跃的朱红，是对赤日骄阳的礼赞，亦是对五谷丰收的祈求吧？

　　古人对每一个季节保持同样的虔敬：立春，迎于东郊；立夏，迎于南郊；立秋，迎于西郊；立冬，迎于北郊。

　　春、夏、秋、冬的时间无形，就这样轻易化作了东、南、西、北的空间象征。中国人的时空哲学，由此可观矣。

　　就像寒食赐新火一样，立夏这天，宫中有赐冰习俗。冰是上年冬天贮藏的，由皇帝赐给文武百官。

在民间，立夏之日犹如一次吃货的狂欢。与其说吃的是食物，不如说吃的是文化。因为，每一道饮食里都加入了一份消夏的期许。

立夏之食，或为饭，或为蛋，或为羹，或为饼，或为糊，或为茶，或为粥，或为豆，凡此种种，不一而足。

明清两朝，还有一个与"吃"相关的风俗，那就是立夏称体重。按旧时习俗，立夏这天，人们会在村口挂起一杆大木秤，秤钩上悬一把凳子，大家轮流坐到凳子上面称体重。司秤人一面看秤花，一面针对不同重量说出吉利如意的句子。

立夏过后，天气渐渐炎热。地里的瓜菜，树上的果实，枝头的浓绿，它们纷纷将这一季响亮的阳光与丰沛的雨水，化作一桌故乡的田园，成为此生无法忘却的酸、甜、苦、辣。

在我童年的记忆里，夏天是在舌尖上的。

在那些长长的午后，我们蹑手蹑脚踩着知了的叫声，绕过大人的午睡，只为越过山岭去偷张家的蟠桃、李家的青梅。或者，直接去上屋，以猴的身段蹿至酸枣树上，哗哗摇落那些或黄或青的果实。倘若累了，也可骑在近旁那株百年银杏的枝丫上，斜斜躺在密密丛丛的新叶间，任那南方的风吹动斑驳的光影。

土地给夏天以足够丰腴的馈赠啊。

父亲种植的南瓜大如脸盆，冬瓜长似扁担，紫豆角青豆角，谦卑而柔顺。庭前种的扁豆，满棚满架，黄蝴蝶黑蝴蝶都在园子边翩然盘旋。黄瓜吃起来脆脆的，带着青色的气息；苦瓜可降火，佐以酸菜为汤，已然是此生挥不去的故园口味；茄子与丝瓜摘回之后，总会浸入清水之中；红苋菜稍稍久煮，竟有一种鸡汤似的鲜美。太多的蔬果，喂养着夏天的胃：芋头，红薯，蕹菜，菜瓜，西瓜……

那时候，寻常人家并无冷饮，留在记忆深处的只是那"白糖——绿豆——"的叫卖声。那时候总有人骑着自行车，驮着小冰棒箱走村串户。

夏天如此多的美味，人们依然以苦夏相称。或许是高温之下，人们很容易产生这样那样的不适吧。

好在夏天的田野路旁，到处都是母亲的药方。夏枯草，可以清热；车前草，可以利尿；马齿苋，可以解毒；竹叶清，灯芯草，钩藤……它们都是疗救人间的美丽草木。

我们甚至无法回到去年的夏天，又怎么回到遥远的先民岁月呢？

在先民那里，立夏有"三候"：一曰"蝼蝈鸣"；二曰"蚯蚓出"；三曰"王瓜生"。

蝼蝈，小虫，生穴土中，好夜出，今人谓之土狗是也。夜间的虫声宛如大自然的合奏曲，不得不惊讶于古人对自然的感知：他们何以知道此虫的鸣叫就从立夏这天开始？

蚯蚓，亦称地龙，今人惦记它时，多以之做钓饵也。敬畏大地的先民，似乎格外在乎蚯蚓的变化，以之作为大地之下的冷暖见证。按他们的记录，冬至日，蚯蚓结；立夏时，蚯蚓出。

这世上，没有哪一种动物，不是一个神秘的世界。美国人朵琳·克罗宁与哈利·布里斯联合创作的儿童绘本《蚯蚓的日记》竟成了《纽约时报》推出的畅销读物。

王瓜，生于平野、田宅及墙垣之下，叶圆，蔓生，五月开黄花，花下结子如弹丸，又名"土瓜"，为中药所用。

立夏三候中，没有哪一候与"吃"相关，似乎也看不出远古的诗意何在。

然而，对于夏天，诗人们从不曾停止过歌咏。

"绿树阴浓夏日长，楼台倒影入池塘。水晶帘动微风起，满架蔷薇一院香。"

高骈并非著名诗人，但"满架蔷薇一院香"一句却令那悠长夏日氤氲着时光的幽香。

"梅子留酸软齿牙，芭蕉分绿与窗纱。日长睡起无情思，闲看儿童捉柳花。"

"歌诗合为事而作。"谁说"事"就是时代大事，时令、时间、时光里的美好不行吗？此刻，还有哪种安静胜于"芭蕉分绿与窗纱"，又还有什么闲适胜于"闲看儿童捉柳花"？

至于孟浩然的"荷风送香气，竹露滴清响"，则恍如从炎热里洞开清凉，幽深致远，孤云高洁。

立夏有大美，而发现这大美的，永远是那敏感而丰富的内心。

小满

初候
苦菜秀

二候
靡草死

三候
麦秋至

没有一寸时间

华而不实

一切都刚刚好

　　微风吹过来，一望无际的青色麦田摇曳出轻微的声响。

　　你站在北国的辽阔里，站成一株风中的麦穗。苍茫而浩荡的岁月，如此清晰地看见生长。

　　此刻，时间就像那一粒将满未满的麦子，捏得出一滴滴米白的琼浆。

　　这一天，叫小满。

　　《月令七十二候集解》云："四月中，小满者，物至于此小得盈满。""小得盈满"者，是吮吸了天地精华的年轻麦子，也是所有谛听到汁液消息的绿色期待。

　　春光谢过，初夏来临。时令的更替，亦如绿肥红瘦。谁说"人间四月天"只属于诗人和爱情？这时候，每一个中国村庄都在种下"小满"的期待。

"绿遍山原白满川，子规声里雨如烟。乡村四月闲人少，才了蚕桑又插田。"

想想，你为什么偏偏喜欢绿白相配的清新？那原是春夏之交的天地啊。你为什么偏偏喜欢"桑田"这个词语？那原是稳稳的静好啊。——蚕桑，带来华服轻衣；田园，生长五谷百食。

小满的时间，光与色都那样明媚鲜妍。

"梅子金黄杏子肥，麦花雪白菜花稀。日长篱落无人过，唯有蜻蜓蛱蝶飞。"

看吧，梅子、杏子都是黄澄澄的，麦花、菜花都是白茫茫的，而蜻蜓、蝴蝶呢，是红的，是黑的，是花的。

没有一寸小满的时间华而不实，整个日子都是一片疯长的青绿。而当这种苍翠与勃发，出现在故址或废墟之上，草木的姿势里便蓄积着一股历史的张力。

"彼黍离离，彼稷之苗。行迈靡靡，中心摇摇。知我者谓我心忧，不知我者谓我何求……"

《诗经》里那一声古老的叹息，舒吐出一个时代礼崩乐坏的痛楚。

"过春风十里，尽荠麦青青。自胡马窥江去后，废池乔木，犹厌言兵……"

《扬州慢》里的这一声沧桑感喟，是野蛮践踏文明后流血的伤口。

从此，那些长在经典里的黍麦，几千年都未曾老去。它们身上，飘散着无数"小满"的气息。

"小满动三车，忙得不知他。"

三车者，水车、油车、缫车也。小满之日，民间有"祭车神"的习俗。

北方小麦郁郁，南方水稻油油。充沛的初夏阳光下，水之于作物有如甘霖。这时候，水车就出现在渠边、河畔与地头了。

二十世纪七十年代，在家门前的水塘边，我和邻家小伙伴爬上了夏风吹拂的水车。那水车，一头没入水中，一头连着田地。脚踏辘轳，通过木轴的旋转，带动单车"链条"式的桑木叶片。水车的辘轳上有几组供脚踏的"木头蹬"，前方则是一根充当扶手的横木。一台水车，可以由几个人依节奏踏转。那车，其实叫"翻车"，不同于靠流水之力旋转的水车，能满足低水高灌。这是基于农耕经验的技术发明。那吱吱呀呀的木器再好，终归不敌十九世纪末出现于德国的柴油机。

与水车一起出现于小满时节的，是油车。那车里所装的，多是菜油吧？想那遥远的乡间，河边的榨油坊里飘着菜油的清香，原野的金黄烂漫就这样化作了乡炊里的人间烟火。

缫车，关乎江南的蚕桑。公元一〇七八年，年过不惑的苏东坡，出任徐州太守。那是一个久旱未雨的初夏，苏太守先是携民众至二十多里外的城外求雨。雨下之后，又去鸣谢天意。

归来的路上，他写下："簌簌衣巾落枣花，村南村北响缫车。牛衣古柳卖黄瓜。酒困路长惟欲睡，日高人渴漫思茶。敲门试问野人家。"

路人思茶，亦如庄稼思饮。当年，自郊外谢雨归来的苏先生，是不是也想起先民们提醒的小满"三候"？

一曰"苦菜秀"，二曰"靡草死"，三曰"麦秋至"。

春天亦唤作芳春，因为有花的芬芳；夏天呢，称为苦夏，这是不是与植物里的苦味有关？小时候，母亲总说，苦瓜是最好的菜，可以清火。我没有吃过苦菜，对野苦荬却记忆尤深。母亲常将这种植物的叶或根捣碎，拌以白糖，替我们清热降火。

靡草，枝叶靡细之草。"凡物感阳而生者则强而立，感阴而生者则柔而靡。谓之靡草，则至阴之所生也，故不胜至阳而死。"

这个时令，于麦子而言，正是成熟之期，古人称之为"麦秋至"。秋者，非季节命名，乃百谷成熟之意。"夜莺啼绿柳，皓月醒长空。最爱垄头麦，迎风笑落红。"欧阳修的《小满》诗里，有夜莺的歌唱，柳荫的翁郁，明月的皎洁，更有麦子的饱满与沉着。

小满像一株深刻的植物，是人间的粮食，亦是人世的哲学。

当"小"与"满"走到一起，一切才是最美的生长状态。它是满，却不是大满，更不是爆满。

公元一六四五年，一个叫史可法的中年男子，于扬州城拼死抵抗之后，终被屠城的清军杀害。那一天，正是小满。在初夏的炎热中，史公的遗体腐不可辨。其义子史德威只得拾其衣冠，将其葬于城外的桃花岭。

史公的人生，忠贞于大明王朝，堪为悲壮的圆满。然而，若放入文明演进的历史长河之中，谁又能说那"圆满"就是圆满呢？

或许对于圆满的追求，没有哪种文化胜于华夏。

在中国传统文化里，圆满从来都是那消解悲剧、抵御残缺的温情"夕阳"。

没有鹊桥相会，我们放不下隔河相望的牛郎与织女；没有化蝶双飞，我们唱不开梁山伯与祝英台；没有报仇雪恨，我们受不了窦娥之冤；没有起死回生，我们也圆不了杜丽娘与柳梦梅的奇缘美梦……

哪怕是写下了"人面桃花相映红"的白面书生崔护，若没有与邂逅于桃花树下的女子结为夫妻，似乎就是一种残缺。

我们太喜欢"美满"，太喜欢"王子与公主从此幸福地生活在一起"。

王国维先生曾将这种大团圆情结归于民族的"乐天精神"。他在《〈红楼梦〉评论》中说："吾国人之精神，世间的也，乐天的也。故代表其精神之戏曲小说，无往而不着此乐天之色彩。始于悲者终于欢，始于离者终于合，始于困者终于亨。"

圆满的集体审美，或许与天地浑圆、阴阳互转、五行相克相生的宇宙观、生命观互为表里；抑或与地理封闭、伦理贵和、心理乐天的小农生产方式相适切。

小满之可爱，不在于登峰造极的完美，而是携带希望的过程。它"满"，却不是"满到极致"，更不是"满到泛滥"；它是走向饱满的绿色成长，却不是展示成熟的金色饱满。

在这里，"小"无关格局，只关乎心态。它意味着欣然悦纳、兼收并蓄与成长可能。

因为"小"，所谓的"满"才不至于夜郎自大、故步自封或固执己见。

小满，让我们在寻找文化自信的同时，而又不失科学理性。

就像此刻，我们固然可以为天人合一的中国智慧而欣喜豪迈，却不能不看到中国古代关于天文、星象、阴阳、八卦及一切天人关系的人文比类，相对于西方的形式逻辑、数理思维、实证精神而言，便是一种重大的缺失。这样的缺失，甚至直接关乎那个著名的"李约瑟之问"：为什么中国古代科技的发展为人类做出了重要贡献，而科学与工业革命却并未发生在这片土地？

延续千年的科举制度，作为文官选拔制度，固然有其领先世界的意义，而它带来的思想桎梏亦被历史见证：一个民族的青年都以"四书五经"的圣贤之言为崇，读书几乎沦为做官的途径和手段，人文与古典成为课程的中心。从此那种与生俱来的自由精神，对于未知的好奇与探索精神，或证实或证伪的科学精神，从此渐渐委顿。一个民族的青春力量就在俯首低眉之间失去了丰沛的元气。

这一切，是不是缘于唯我独尊的"大满"淹没了悦纳天下的"小满"？

生存智慧上的"小满"，没有青涩的稚拙，亦无成熟的世故；没有小富即安的苟且与保守，亦无固守一隅的狂放与偏执。

　　然而，人世间，太多得陇望蜀的世俗追逐，总将"满"作为人生的鹄的。

　　人们似乎忘了：于山巅的空间而言，没有哪一条路不是下山；于明月的时间而言，没有哪一刻能够定格。

　　回到小满，一切都是刚刚好。

芒种

初候
螳螂生
二候
鵙始鸣
三候
反舌无声

芒种

世间万物
都以种子
与大地的方式
联系在一起

听到这个古老的节气名，一颗飘浮的心便落入大地。

从来不曾如此清晰地看见时间的样子。今天，它是那一粒北方的麦子，金黄而饱满；又是这一枚南方的稻种，沉着而清醒。

世间万物，仿佛都以种子与大地的方式联系在一起。

这一天，叫芒种。

芒种，夏天的第三个节气，带着仲夏来临的消息。《月令七十二候集解》如此诠释："五月节，谓有芒之种谷可稼种矣。"

此时的北方，有芒的大麦、小麦成熟了。而南方，有芒的稻子亦播种。如是，芒种之"种"，既为名词"种子"，亦为动词"播种"。

芒者，生于麦子或谷物上的刺状物，"针尖对麦芒""如芒在背"皆言其尖锐。不过，芒种的意义，并不在"芒"，而在于"种"。

泥土般朴实的"种"字里，保持着农耕文明生生不息的姿势和力量，亦蕴涵着生命成长的因缘与起点。

一生钟情于大自然的美国十九世纪思想家梭罗，曾长年幽居于瓦尔登湖畔，后又以极大的热情去追寻各种植物种子的传播之旅，写成了一部传世名作，叫《种子的信仰》。他说："我相信种子里有强烈的信仰，相信你也同样是一颗种子，我已在期待你奇迹的发生。"

当种子的内涵从植物发展到万物，它便成了宇宙的时间和生命，而"相信岁月，相信种子"也便成了诗和哲学。而今，无数国人借用梭罗的金句言说教育的理想，我们是不是也曾记起千百年前诞生于华夏河源的那一个叫"芒种"的日子？

生命的本质还是时间。一去不返的时间，就像天地间不可抗拒的律法。于是，植物错过时令，亦如人生错过时机。即令那过程同样艰辛，其结局却是异若霄壤。

不是吗？芒种与夏至，前后相距不过半月。然而，对于同样一颗种子来说，不同的时间播种意味着不同的结果。此之谓"芒种不种，再种无用"。就中稻种植而言，"芒种插得是个宝，夏至插得是根草"；就红薯而言，"芒种栽薯重十斤，夏至栽薯光根根"。"芒种前，忙种田；芒种后，忙种豆。"

如此轻声的一个节令，足以打破整个乡野的宁静。那些飘在云端的"时间"，忽然都化作了握在手里的"时机"。

"昼出耘田夜绩麻，村庄儿女各当家。童孙未解供耕织，也傍桑阴学种瓜。"

　　这世间，还有哪一个童年的文本比土地更丰腴？

　　在乡下，抢种抢收的"双抢"季节早就烙进儿时的记忆。那些炽热如火的夏日午后，我们戴一顶草帽，躬身田间。左手均匀地分秧，右手快速地点插。随着一行行绿色秧苗的移动，那双踩在烂泥里的脚，也一步步后挪。

　　多年之后，当那份腰酸背痛的辛劳随童年远去的时候，我才从唐朝布袋和尚的诗里读到此间的人生哲学："手把青秧插满田，低头便见水中天。心地清净方为道，退步原来是向前。"

　　芒种是种红薯的时节。红薯，也是一辈子无法忘却的滋味。

　　多少次，在老屋前的菜地，抑或是在棠坡的山头，父亲将土地整成一垄一垄。当他坐在泥地上小憩时，我便一蹦一跳上前去，将那剪得短短的红薯苗一根一根摆到那一线黑色的猪粪上，等着父亲来盖上泥土。那时候，红薯也是家里的粮食。记忆中，很难吃到一餐纯粹的白米饭。每当早上揭开锅盖的时候，白白的饭堆下总埋着一大半红薯。这时候，父亲喜欢先将米饭打到那个竹编的饭篮里，再用力铲起那些喷香的锅巴，倒入浓稠的米汤。不一会，就擂出一锅红薯粥。

　　父亲不在了。那些明亮的早晨，也一去不返。

　　芒种的节气充满了稼穑的汗水，充满种子入土的踏实感，然而，这些又远不是这个节气的全部。

　　在古人眼里，芒种，既是一个与"种子"同行的节令，亦是一场与"花朵"告别的仪典。

《红楼梦》第二十七回的回目是《滴翠亭杨妃戏彩蝶　埋香冢飞燕泣残红》。在那里，曹雪芹为我们存留了一个大观园里的芒种节。

他写道："那些女孩子们，或用花瓣柳枝编成轿马的，或用绫锦纱罗叠成干旄、旌幢的，都用彩线系了。每一棵树、每一枝花上，都系了这些事物。满园里绣带飘飘，花枝招展，更兼这些人打扮得桃羞杏让，燕妒莺惭，一时也道不尽。"

按尚古风俗，"凡交芒种的这日，都要设摆各色礼物，祭饯花神，言芒种一过，便是夏日了，众花皆卸，花神退位，须要饯行"。

少女，春天，花神。哪一个意象不自带美的光芒？

一切美好，都像是神意。天地间吐露清香的花朵，每一株都是一个庄严的神祇。在那场盛大的花神饯别中，你看得见"宝钗扑蝶"式的青春欢愉，亦看得见"黛玉葬花"式的孤寂感伤。

"花谢花飞飞满天，红消香断有谁怜？游丝软系飘春榭，落絮轻沾扑绣帘……柳丝榆荚自芳菲，不管桃飘与李飞。桃李明年能再发，明年闺中知有谁？"

林黛玉那小小的花冢里，埋葬着落英的芳魂，又何尝不是埋葬着青春的至纯与至性？她的葬花词，是献给花神的，又何尝不是献给自己的？那是时光的凭吊，又何尝不是爱与美的凭吊？

世俗如此繁华。有人从繁华里听得见盛大与热闹，有人却从那里听见了美的凋零和叹息。

与芒种的田间劳作相比，或许，这是对生命的审美发现吧？

芒种之"种"，芒种之"花"，都是那看得见的物事。其实，这时的天地之间，还充盈着那看不见的气场。

春天阳气正旺，至芒种，阴气开始上升。在先人眼里，对这种阴阳消长感知最灵敏的，多为昆虫与鸟类，它们成为芒种"三候"的代言者。一候"螳螂生"，二候"鵙始鸣"，三候"反舌无声"。

螳螂产卵于去秋，感阴气而生。而喜阴的伯劳鸟，也开始了鸣叫。你注意到，初夏时节，春燕西去，而伯劳东飞。成语"劳燕分飞"中的分离之意，由此而来。

一只鸟，何以命名为伯劳呢？据说西周时贤臣尹吉甫一时怒起，错杀了儿子伯奇。此后，父亲追悔莫及，忧思无尽。有一天，他见到一只鸟，以为那是儿子伯奇所化。于是，他自言自语道："伯奇劳乎？是吾子，栖吾舆。非吾子，飞勿居。"后世遂将此鸟称作伯劳。

至于反舌，即百灵鸟。这个春天的歌者，至芒种时令便默然告退。

芒种，再度令我生出对鸟儿的敬意。

当你在房间里轻轻歌唱自己的时候，是不是也曾意识到：枝上鸟儿的歌声，并不只是在表达自己，它的声音里藏着天地运行、阴阳互转的神秘消息。

夏至

初候
鹿角解

二候
蜩始鸣

三候
半夏生

夏至

往来不息
这份回忆总能
深深想起

夏至的阳光，恍如古老的哲学语言。

此刻，它直直地射在北回归线上，与去年冬至照射过的那条南回归线遥遥相望。

阳光南来北往，大地寒暑易节，生命阴阳消长。

南北，冬夏，阴阳……你说，这是词语构成上的相反相成，还是生命力量的相克相生？

阳光的行脚，亦如时间；时间的行脚，亦如花草；花草的行脚，亦如人生。

生命不曾止息，岁月无法驻留。一切源自亘古，一切又新发于硎。

阳光说，这是它一年所抵达的北方之北。北之至，即南归。阳之极，一阴生。所有这一切，与去年的冬至恰好相反。那时，阳光抵达南方之南。南之至，即北返。阴之极，一阳生。一次抵达，就是另一重出发。

夏至，如一个时间峰峦，或如一条辽远的地平线。来来往往，生生不息，都在那穹顶之下化作了时光的回旋。

《恪遵宪度抄本》曰："日北至，日长之至，日影短至，故曰夏至。至者，极也。"

夏至，一年中白昼最长之日。此所谓"夏至至长，冬至至短"。过了这个节令，白昼日渐变短。抵冬至，则短到极致。然后，又日渐加长。阳光的往返，亦如季节、生命与时间的轮回。花开花谢，春去春来。

终极，是人生的追问；极致，是生命的态度。太阳并没说过这样的格言。它所走过的时间之旅，从来都是终极连接起点，极致开启新篇。

"昼晷已云极，宵漏自此长。"中唐诗人韦应物的诗句，已然透露出"夏至至长"的朴素认知，那属于公元八世纪的中国。其实，早在公元前七世纪，古人早以土圭测日影的方法精确地测量到夏至这一节气。在二十四节气中，夏至是最早被确定的。

我想，在古老的正午阳光下，必然曾有某个身影像蝴蝶一样飞过绿色的田畴。那是一个刚刚发现"立竿不见影"的先民。他内心怀着那么大的惊喜，怎么停得下奔走相告的脚步？

由是，夏至，从来就被赋予神意。

早在周代，夏至就意味着一场祭神大典。《周礼·春官》载："以夏日至，致地方物魃。"司马迁的《史记·封禅书》则曰："夏至日，祭地祇，皆用乐章。"夏至祭神，其旨在于消除荒年、饥饿与死亡。唐宋之时，夏至和冬至，都是百官公休的假日。这一天，妇女们互相赠送折扇、脂粉等什物。《酉阳杂俎》说："夏至日，进扇及粉脂囊，皆有辞。""扇"者，借以生风；"粉脂"者，以之涂抹，散体热所生浊气，防生痱子。

旧时朝廷，每当夏至之后，皇家则拿出"冬藏夏用"的冰"消夏避伏"。从周代始，历朝皆沿用，竟至成为一种制度。

在我心里，夏的神祇更像是那炽热而明亮的阳光。这是一年之中正午太阳高度最高之时。夏至正午的阳光，莫名就令我想起端午或端阳。夏至和端阳，这两个毗邻的日子，一样发散着光与热。

端午节，为每年农历五月初五。五月的第一个午日，正是登高顺阳之日，故端午又称"端阳"。端阳，源于古百越之地的龙图腾祭祀，划龙舟以祭祀龙祖。后世因屈原于是日纵身汨罗江，亦以此纪念那一缕高洁而孤独的诗魂。

今人以粽子为端午独有，其实，此物曾属夏至。

粽子，旧称"角黍"。角为形，黍为质。粽之所以为角形，乃源于先民以牛或牛角祭祀的流风遗俗。南朝《荆楚岁时记》云："夏至节日，食粽。"其注云："周处《风土记》谓之角黍。人并以新竹为筒粽，楝叶插五彩系臂，谓为长命缕。"唐宋时，粽子始以糯米制，其意亦带康健的祈福。按《吴郡志》记载："夏至复作角黍以祭，以束粽之草系手足而况之，名健粽，云令人健壮。"

夏至是一种光，是一道色，更是一种味。在我的记忆里，夏至是杨梅汤的味，是苹果李的味；是一杯清酒的味，也是一畦蔬菜的味。这时候，仲夏的黄瓜、辣椒刚好长到能吃的时候。长沙乡间，新菜上桌，称"开园菜"。

端午的餐桌，自有一种夏至的味道。紫苏黄瓜，酸菜辣椒，蒜籽蕹菜，红苋菜，特别是那一分为二的咸鸭蛋，色彩鲜艳，对比很鲜明。有一回，我读到儿童文学作家李少白先生的童谣："鸡蛋白，鸡蛋黄，白云抱个小太阳。"立马就想起端午节剖开的那枚咸蛋，想起那枚由一圈蛋白环绕的深红蛋黄，流着油的蛋黄。

俗话说，冬至馄饨夏至面。夏至吃面，系古老而普遍的民俗。民谚说："吃了夏至面，一天短一线。"清代《帝京岁时纪胜》载："是日，家家俱食冷淘面，即俗说过水面是也，乃都门之美品。"

夏至所吃的面，南北各地有差异。阳春面、干汤面、肉丝面、三鲜面、过桥面及麻油凉拌面不一而足。何以"夏至"如此钟情于面食？一方面，以"一天短一线"，寄白昼渐短之意。另一方面，这与暑热到来后人们的饮食调整也有关系。

夏至之后，是所谓"三伏天"。何谓三伏？伏者，潜伏也。夏至之后的第三个庚日为初伏，第四个庚日为中伏，立秋之后的第一个庚日为末伏。其中，初伏十天，末伏十天，中伏则或为十，或为二十。三伏天，人们很容易食欲不振。当此时，热量低、易制作又清凉的面条往往成为家庭的首选，特别是对北方而言。由是，夏至面亦称"入伏面"。再有一层，夏至正是麦子新收、面粉上市之时，此时吃面亦指尝新。

夏至吃面，亦宴饮。有一个成语，叫杯弓蛇影。这个始于汉代的寓言故事，其发生时间正是一年中的夏至。

夏至一过，一天热似一天。如同冬至一过，一天冷似一天。冬至之后，会有"数九寒天"，会有"庭前垂柳珍重待春风（風）"的"画九"风雅。那么，夏至之后呢？也有"夏九九"之说。稍稍遗憾的是，"夏九九"的流传远不及"冬九九"那么广泛。

现刻于湖北省老河口市禹王庙的《夏至九九歌》堪为"夏九九"的代表。道是："夏至入头九，羽扇握在手。二九一十八，脱冠着罗纱。三九二十七，出门汗欲滴。四九三十六，卷席露天宿。五九四十五，炎秋似老虎。六九五十四，乘凉进庙祠。七九六十三，床头摸被单。八九七十二，子夜寻棉被。九九八十一，开柜拿棉衣。"

忽然觉得，这些韵语所凝聚的含义竟是如此深厚。它们，既是由盛夏而初冬的气候轨迹，又是由驱热到御寒的人间图景；既是诗意的数学，又是数学的诗意；既是缘于民间的节气歌诀，又是俯仰天地的生存智慧。

夏至，并非夏的极致。夏至之后，雷雨更有了夏天的性格。

有时候，它来去匆匆。如苏轼那年六月于望湖楼醉酒所书："黑云翻墨未遮山，白雨跳珠乱入船。卷地风来忽吹散，望湖楼下水如天。"

　　有时候，它情深意长。如刘禹锡所叹："杨柳青青江水平，闻郎江上踏歌声。东边日出西边雨，道是无晴却有晴。"

　　更可贵的，还不在这里。夏的性格里，有一种雄浑铿锵之豪迈。风云变幻，雷霆电闪，很多时候，天空如兵戈列阵，可谓"青天霹雳金锣响，冷雨如钱扑面来"。这时候，你压根都想不到那个写下"梧桐更兼细雨，到黄昏，点点滴滴"的李清照，她的心头也汹涌着另一种诗情。

　　她对金人南下而宋室苟安的时局忧患，一直挥之不去。这年夏天，她为身为建康知府的丈夫赵明诚临阵脱逃而倍感耻辱。于是，这位绝代才女以一支幽怨的纤笔饱蘸炫目的夏日之光，铿然写下那当当作响的诗行："生当作人杰，死亦为鬼雄。至今思项羽，不肯过江东。"

　　这里，充盈于诗句之间的，不再是绿肥红瘦的海棠之叹，而是一种生命气节，与夏天一样勇敢、绚烂而决绝的生命气节。

　　夏至看起来如此阳光，刚正，酷热。然而，古人所描述的夏至"三候"，全都指向"夏至一阴生"的些微细节。

　　一曰"鹿角解"；二曰"蜩始鸣"；三曰"半夏生"。

　　在先民眼里，麋鹿角上看得见阴阳之变。鹿喜阳，角朝前，夏至一阴生，故鹿角脱离。与之相反，麋喜阴，角朝后，冬至一阳生，故麋角解。在中国文化里，鹿与其说是丛林法则中温驯而美丽的动物，莫如说是一种丰富而多元的精神寄寓。

　　《仪礼》中说："主人酬宾，束帛俪皮。"此处，俪皮即鹿皮。在古人那里，鹿是爱情的象征，鹿皮系远古婚姻中的重要贽礼。甚至，此皮亦用于国家与诸侯之间的相互赠送。

"呦呦鹿鸣，食野之苹。我有嘉宾，鼓瑟吹笙。"这是《诗经·鹿鸣》里的句子。原野上，倘一只鹿发现了青草，往往会向同伴发出友善而欢快的鸣叫，分享之心极其诚恳。由是，古人以"鹿鸣"为德音，并将麒麟、凤凰、神龟、蛟龙视为"四大灵物"。

鹿甚至还是一个宗教意象。九色鹿的故事，缘于佛经。而白鹿的形象，亦有那超凡脱俗的道教精神。如李白所言："别君去兮何时还？且放白鹿青崖间，须行即骑访名山。"

鹿是爱情，是美德，是信仰。同时，它还代表权力。作为权力，成语"逐鹿中原""鹿死谁手"即是明证。

夏天是蝉鸣的季节，蝉鸣的第一声则在夏至。这个夏天的歌者，也是感阴气而鸣。

"垂绥饮清露，流响出疏桐。居高声自远，非是藉秋风。"初唐虞世南，以书法闻名于世。他所咏叹的《蝉》，尤其是"居高声自远"那一句，可谓耳熟能详。但我总觉得，此诗之"理趣"大于"情趣"。以"情趣"论，同样是写蝉，清代才子袁枚笔下的更可爱："牧童骑黄牛，歌声振林樾。意欲捕鸣蝉，忽然闭口立。"

相形之下，法国科学家法布尔，则以理性的姿态走进昆虫的世界，以一种科学探索的态度，追问了蝉以及诸多昆虫的前世今生。

其实，就人类把握世界的方式而言，诗意与科学正如蝉翼双飞，不可失衡。

"半夏生"，乃夏至第三候。半夏，喜阴的夏天植物。像车前草、蒲公英一样。大凡有过乡居生活的人，对于那些可以药用的植物或多或少会怀有一种温情。很多中医草药，就像半夏一样，都拥有一个很诗意的命名。

想起很久很久之前的夏夜。我躺在池塘边的竹铺上乘凉，天空星光闪闪，草间萤火点点。父亲端一杯茶，坐晚风里。他让我对一副对联，上联全是中药名称。道是：生地人参附子当归熟地。如此多的药名组合，看似毫无联系。然而，若读其谐音，它所道出的却是一对父子流落他乡的故事。即生地，人生，父子，当归，熟地。我对不出，却从此喜欢上对联这种古典文学形式。过了一会，父亲告诉我下联：枣仁南枣核桃芡实茴香。找人，难找，黑逃，欠食，回乡。黑逃者，连夜摸黑逃跑；欠食者，饭也顾不上吃；回乡，即回到故乡。多么巧妙的药名组合，其谐音与上联的故事正好切合父子从异地回乡的主题。

而今，父亲不在了，那一夜的星空也淡成了远远的童年。

一年一度的夏至，每一种草木都似曾相识。而今，我们是不是也留下了一份回忆？哪怕是到了明年或后年，你还能深深想起？

小暑

初候
温风至

二候
蟋蟀居壁

三候
鹰始击

小暑

众生各美其美

打开时间之门

二十四节气里，今天是小暑。凌晨五点多，在人间的酣睡中，上天悄然旋过了季候轮回的指针。

我从未在意过小暑的降临。日子熙熙攘攘，何曾谛听过"小暑"轻柔的提醒？

提醒，像一个意念，让所有熟知的物事都带着它的气息，如天空、大地、树木。

从住处出发的时候，在楼宇的拐角处拍下一束不知名的花。四十分钟后，即将进入办公楼，又拍了一棵不知名的树。

那是一株清晨的花。叶子舒展着，每一片都自由、灵动，像聆听清风的耳，亦像吐纳阳光的唇。花是红的，可是，在这里，"红花"简直成了一个俗滥的语词，怎能道出这一种明媚里的生动，纯粹里的清新？那是画家调色板无法调配的色彩。那种"红"，有自己的呼吸，心跳，与眼睛，那是属于这一枝、这一叶的生命与灵魂。它已开在枝头多时了吧？此刻，终于等来这掠过水面的温润夏风。

这是八点半的门前树，长在办公楼前。满树花开，而花朵极小。一串一串，像麦穗的样子，却远比它柔和。花穗的色，似鹅黄，又像翡翠。如此朴素，如此平和，如此谦逊。不及桃李娇艳，也不比桂花幽远。它若有若无的芬芳，甚至都不曾招来蜂蝶。

一树繁花，在沉静里兀自蓊蓊郁郁。它开在窗前，像是一场青春的盛典，几乎并不在意有没有人为它喝彩。它们为天地而开，为自己而开，开出寂然欢喜。

今天黎明，这一树花，是否听到了时光里那一声脆响，是否感应到来自大地的震颤，来自阳光的惊起？

小区里，无名的花；办公楼前，无名的树。它们都长在我日日必经的路旁。我把日常的时间，走成了一条固定的路，沿途的风景渐渐老去。来处，连着一日归途。我的目光，又何曾在这些草木身上做过些许停留？

忽然觉得，时间其实并不是一条路，也不是一条河，而是一颗足够敏感而博大的心，一颗包容整个天地的内心。

众生以各美其美的方式打开生命的曼妙之门。就像此刻，一花一树都在为我打开另一重时间。

遥想两千多年前的黄河两岸，阡陌上夏花灿烂，微风里麦浪沙沙，这是棉花挂铃的季节。那些于柳荫下席地而坐的耕作者，是你的祖宗，也是我的祖宗。他们，是我们的先民。那个日子，是历史，也是今天，是农历小暑。

其时，天上烈日高悬，水中骄阳倒映，人间大地都被烈日裹挟。想象中，一个文秀的先民，忽然从头顶摘下一根粗粗的柳枝，在泥土上分别画了两个太阳，上下各一，中间画上一个"土"的形状。这不就是"暑"吗？暑就是热啊。"小暑大暑，上蒸下煮。"先人的惊叹，映着整个夏天的天空，化入祖祖辈辈的记忆。

从此，节令每轮回到这一天，都会传递相同的消息。这一回，报信的使者不再是梅花杜鹃，荷花蜻蜓，而是蟋蟀雄鹰。

不堪热浪的蟋蟀行将转入屋宇的阴凉墙角，一声一声鸣响，如月下的"促织娘"。再过几天，檐前苍老的浮云之下，会出现一只雄鹰的英姿。它从山头盘旋而上，迎着天空那一点点肃杀，勇敢地搏击。

不知经历过多少个春秋，先人们将小暑"三候"描述为："温风至""蟋蟀居壁""鹰始击"。

几千年来，这些农耕岁月里的生命意象，依然散发着自然与家园的气息，它们是大自然的语言。在几千年农耕文明的陇亩之上，原初的智慧无不来自这样的"语言"。

云朵，是天空的语言。它与风一起，与星月一起，向人们报告着小暑已降。可能干旱，也可能多涝。太阳与洪水，都可能是一只狰狞的食人兽。

"傍晚火烧云，明日晒死人。"

"夜起东南风，下雨就不轻。"

"天上钩钩云，地上雨淋淋。"

庄稼，是大地的语言。

"头伏萝卜二伏菜，三伏有雨种荞麦。"

诗歌，是内心的语言。整个农耕岁月像古琴上的慢时光，小暑是一曲浑厚的《埋伏》。

"荷风送香气，竹露滴清响。欲取鸣琴弹，恨无知音赏。"

人间热浪奔腾，内心安静隐伏。光阴如此清淡，亦如夏日的心情和饮食。

然而，千百年之后，我们这些远离了农耕与田园的现代人，对时间的体验已越来越粗糙。它如同日历上的数字，我们闻不到时间的气息，也看不见时间的表情。

春夏秋冬沦为岁月的伤逝，仰观俯察成了遗失的古风。人们越来越不愿关心大地上的事情。我们忽略飞禽走兽的行迹，屏蔽花鸟草虫的消息，失聪于自然的箫声，也陷入深深的孤独。

因为人类的傲慢，植物、动物仅仅成为"万物之物"，而不再是"众生之生"；历史仅仅成为一种知识，而不复是绵延的精神与生命。

想起《易经》里的句子：

"夫大人者，与天地合其德，与日月合其明，与四时合其序，与鬼神合其吉凶。"

天时，不就是人时？天道，不就是人心？生命，是时间的存在；

时间，又何尝不是生长的节律？

哲学家海德格尔有一本享誉世界的经典，叫《存在与时间》。学者余世存先生说，二十四节气就是中国人的"存在与时间"。

相对于节气，人们或许更记得节日。节日，像是时间的节拍。从节日，看得见人类的文化，而从节气，才看得见自然的造化。

节日，或许能带来狂欢。节气呢，才让我们从花鸟草虫那里听见生命的天籁。

大暑

初候
腐草为萤

二候
土润溽暑

三候
大雨时行

大暑

大暑

盛夏的光热
孕育生命的
清香与明艳

今天，地球在黄经一百二十度的位置上与太阳遥遥相望，一年中最炎热的日子降临人间。

这是二十四节气中的大暑。

"大暑"，相对于"小暑"而言。

"小大者，就极热之中，分为大小，初后为小，望后为大也。"

在刚刚过去的小暑三候里，不曾聆听到月下的蟋蟀长吟，亦不曾看见蓝天下的雄鹰。在垄亩之上的先民那里，蟋蟀和鹰鸶是为物候代言的柔婉调子与锐利眼睛。什么时候，这些生动的古典视听已然销声匿迹了呢？

仰头是高楼的重压，俯身是水泥的大地，满耳是熙攘的市声，现代都市的上空升腾着一股灼热的气流，灼伤了草虫的地盘，亦掠夺了飞鸟的天空。那一份喧嚣，如同一头钢铁怪兽，正疯狂地吞噬着时间的证言。

大暑的午后，我独立窗前，与一树香樟默默对望。风里响着盛夏的声音。蝉声的高低起落，应和着风来风往。不知名的鸟语，或清脆，或细切，一句一句，酬答于密叶之间。今天也是窗外这株香樟的大暑之期，它是否也收到了来自大自然的律令？

大概二十天前吧，我看到，香樟的树梢之上，稠密的树冠外层，还刚刚生出暗红的枝叶，一束一束，在风里微微颤动。今天再看它，那些新生的叶子，早已褪去了婴儿似的红润，油油舒展出少年般的新绿与清新。就在这些叶子换上新装的时候，那米粒般的绿色小果实也渐渐饱满。我想，楼前这一团葱郁的深绿浅绿，何尝不是香樟的时间和语言？新旧共存的叶子们，何尝不是一树天伦？

此刻，它们立在盛夏的光阴里，静静地反射着一片片灼人的骄阳。但它们并不沉闷，总以沙沙叶语和淡淡芬芳，回应着近旁的某一句鸟语。风静的片刻，它们停止说话，静静地看着脚下那一只翩跹的黑蝴蝶。

香樟并不是报告大暑降临的天使，最先报告大暑到来的，当是萤火虫。

"腐草为萤""土润溽暑""大雨时行"。

此乃古人所描述的大暑"三候"。大暑之后，萤火虫将出现于星月之下，飞舞在稻香袭人的田间水滨。然而，这么多年混迹于城市的车水马龙，又何曾见过夏夜里美丽的流萤？见过日光如瀑，见过灯光如海，可是，世间会有哪一种光，还能像萤火那样在遥远的童年闪烁呢？

那是山村的夏夜。早早吃过晚饭，孩子们洗完澡，将一张被汗水浸得老红的竹铺放到塘基上。夜色渐渐降临，深蓝的天幕上布满了点点繁星。我们就在乡间夜色里嬉戏。穿一条蓝色短裤，着一件月白背心，摇着一把驱蚊的小蒲扇。劳作了一天的大人，光着膀子仰躺在月光里。黑魆魆的山，像一头沉默的兽。它伏在村前，踞守着夜里的田畴、农舍与灯火。那时，每一片成熟的稻田间，都立着一个架子，里面亮着一盏诱蛾灯。一切微弱的灯光，都衬出夜的凝重。

这时候，豆苗草叶间，水塘田圳边，南瓜花蕊里，苦瓜或豆角的棚架上，随处都看得见萤火虫发光的身影。一点一点，一团一团，它们上下翻飞，彼此簇拥，将乡间夏夜装点成一篇如梦如幻的童话。萤火在闪烁，微明的夜色仿佛在轻轻流动。若从草尖捉下一朵萤火，那柔和的光点便在你掌心里安静而温存。若放入玻璃瓶，那团停止了飞舞的萤光，会化作一簇冷寂的火。

那年月，我不曾到过城市。有时候，父亲指着南边山外的那片灯光说，长沙城就在那个方向。今天想来，萤火闪闪的那些夜晚，原来正是一年中的大暑时光啊。

萤火虫产卵于衰草丛中，只有到了大暑这个节令，它们才由卵而虫。这些自带光芒的生命，很短很短，有的一生只有几天，至多也活不过一月。萤火虫于大暑后到来，一直延续至深秋。有诗为证：

"银烛秋光冷画屏，轻罗小扇扑流萤。天阶夜色凉如水，卧看牵牛织女星。"

多少年过去了，萤火只在古典的诗句里亮着。在我生活的城市里，楼宇切割后的天空，滚烫的柏油路面，逼人的滚滚热浪，哪里还曾留下一片供流萤们栖息的水草？灯火阑珊，何处还存有适合这些精灵飞行的夜空？

对城居者而言，今日之"大暑"全然被挡在咝咝作响的空调之外，挡在冰镇可乐与冰淇淋之外。城市的夏夜，不再有星空下的纳凉，也不再有纺车般的童谣和神秘古老的故事。而人们对于"热"的理解，越来越止于气温。

依节气与季候，"腐草为萤"之后，大暑的征候该是"土润溽暑"和"大雨时行"。可是，这苦夏时光里，还有多少人能领受大地里层所泛起的那些湿润？更多时候，城居者将泥土视为脏物，又何曾以手掌去触摸大地母亲的体温？

大暑是炎热的代名词。然而，暑的意义就是汗流浃背、气喘吁吁吗？不，在节气这里，大暑意味着上天对大地的一份赐予，一种滋养。

酷暑的光照与温度，都在转化出生命的神奇。在水稻那里，它化作了清香；在花朵那里，它化作了明艳；在果树那里，它化作了甘甜；在土地那里，它化作了丰腴；在天空那里，它化作了雷电与雨露……

众生啊，各个领受吧。不必在暑热里怀念寒冬，亦不必在寒冬里回忆柳荫。一切，都是最好的安排。

大暑的意义是"热"。物理意义上的"热"，是传导、速度，是力量、能量。热，因此而成就为一门科学。心理意义上的"热"呢，是价值求同、氛围弥漫，是潮流时尚、时代趋势，它可能表征着一个时期的心灵生态。

当二十四节气行至大暑，我忽然从中看见一份深刻的生命哲理。

不是吗？大暑之后，便是立秋。极热之后，便会转凉。阴阳相生，物极必反，此系宇宙生生不息之道。就像古老的阴阳鱼所示，阳至极处转为阴，阴至极处转为阳。一切看似矛盾对立的两极，全在生命的圆融中彼此转化。

在大暑的时间节点上，脑海里兀自浮着一个美丽的"圆形"，如同一种宿命。

地球一刻不停地绕行太阳，这个蓝色星球的行迹，并不曾走出一个命定的"圆"。公转是一个圆，自转亦是。与天国遥遥相对的人间呢？春夏秋冬也以生命轮回的方式来"画圆"。

"圆"是闭合的几何曲线，也是生命与哲学的神秘母题。

空间画圆，时间画圆，人间众生的境界，又何尝不是向往一个不留遗恨的"圆"？

立秋

初候
凉风至

二候
白露降

三候
寒蝉鸣

立秋

立秋

听梧桐落下
第一片叶
晨钟暮鼓里
有敬意

　　炽烈白光下，天地陷入了一场较量。

　　酷热蓄谋已久，苦熬如同宿命。大暑之后，每一缕阳光都铿然如弦。那粗重的蝉鸣，一声声为之转轴，拧紧。

　　打开窗，并没有见出什么不同往日的地方，包括光影调子、声响节奏，甚至风行速度。

　　一院时间，亦如一院草木。它们，皆在林荫下潜伏，闲云上凝眸，炎热里烹煮。

　　然而，我知道这个盛夏午后之于这一年的意义。

　　此刻，我坐在窗前，心里埋着一个天知地知，而你并不知道的秘密。我紧紧盯着腕上的表：到了，到了，三点三十九分五十八秒。是的，这正是立秋的时刻。时间如此精确，虔敬油然而生。我想，除了离别与新生，还有什么时候会如此在意到分分秒秒？

然而，这个时刻稍纵即逝。只在眨眼之间，它就将淹没于窗外单调的蝉鸣里。

白云依然像苍老的狗，阳光依然带着响箭，天空的粗暴与大地的隐忍，依然屏气凝神，暗暗角力。热浪咄咄逼人，谁还能从闷热中发出那吞吐日月、纵横天地的一声长啸，一如从冬的坚忍里发出春的欢愉？

秋立了。可是，窗外的炎热，仍像一个疯狂的巨人。他兀自拳头握紧，脸色铁青，仿佛令众生匍匐其下。然而，别看他如此强大，就在凉风吹过的这一刻，他的心头不可救药地荡起了一丝温柔。巨人的话语依然强硬，他的心却软了下来。

这不是寻常的心态改变，而是生命的接力，时间的交替。

一念起，万水千山。

就在刚才这一刻，阳气登峰造极，朝向阴柔；炎热布下天罗地网，凉爽却一线决堤。

我将窗子打开，任凉风将桌上的纸张吹得啪啪作响。太喜欢这带着凉意的风了，桌上漫卷诗书，树叶窃窃私语。

刚才这一阵风，不再属于夏天，它进入了秋天的地界。

它从远处林梢上吹来，从水面那边吹来，从三点四十分的时间节点吹来。它似乎伏在山的那一边，又依稀来自遥远的大海。

风来了，像人间约定，更像自然派遣。风之美，美在自极热里生出的一丝凉意。这一份凉意，将致意宇宙众生。

温风至，曾是小暑到来的消息；而此刻，凉风至又是秋天到来的征兆。

遥想千年前的宋代，在这样的立秋佳日，皇帝会率百官到郊外，他们要举行一个盛大的仪典，以迎候秋天。当是时，梧桐树会由天井与阶沿移至内阁和大殿。他们想在梧桐落下第一片叶子的时候，听见秋天的第一声清响。

莫名，就感慨于古人对于生命的审美态度，包括声音。

那时候，晨光里有钟，暮色中有鼓，即使是露凝寒霜的深夜，城墙内还会响着清冷的更声。

时间，就在那些美丽的声响里，生出生命的敬意。

今天倘若有钟声，最好能让立秋的消息从某一个远处的山头传来，让钟声穿过这沉闷的午后。想想，那将是何等优雅而美丽的一声提醒啊。

可惜，城市的视听世界里越来越只有庞大与巍峨，声音的审美甚至一片荒芜。即使一年一度的辞旧迎新，敲钟的声音很可能来自电子模拟。我们怎么能奢求一个节气的更替，发出金石的响声？

无声的秋，不在乎有无钟声，它立了，立在任何一个敏感于自然的心上。有心的人能感应到，这一刻，时间茕茕孑立，像一山树木，一块石碑，一串音符奔放之后的戛然止息。

时间染上了秋色，并不意味着秋天就铺开了它的景致。那些诗咏千年的风光，只会一页一页打开。二十四个"秋老虎"，依然虎踞大地，它将对峙着缓缓入侵的秋雨与秋风。

但，秋毕竟来临。美是不可阻挡的过程。秋到人间，其实是世间最美的时光翻动。让意念由北而南掠过我们的版图吧。高天，大雁，深红浅红的漫山林叶，成排成行的金黄银杏，梧桐叶上的青黄杂陈，篱落前的桂花如雨，清江边的瑟瑟芦荻，西墙上的明月一轮……

秋天，从东北的白桦林里起程，经黄河北国，于八月抵达荆楚湖湘。待它降临南国海岛时，将是元旦新年。

问问立秋时刻的树木们，它们才不管那么远。树木以自己的方式获知秋天的消息。它们知道，立秋之后的十五天内，正是一年里炎至凉归、阴阳转换的澄明时节。先是"凉风至"，后是"白露降"，最后才是"寒蝉鸣"。

凉风、白露、寒蝉。一种物候，便是一份心境。

"洛阳城里见秋风，欲作家书意万重。复恐匆匆说不尽，行人临发又开封。"

谁叫秋天的冷暖连着世态炎凉呢？谁又叫秋天的羁旅连着漂泊与归程，牵着寂寞和温暖呢？

只是而今，秋天里几乎绝迹了家书，也不见传信的鸿雁。

当我谛听秋天来临的时候，我想起了故乡的树木，想起了几十年间都未曾走出它凝望的那株千年银杏。

那是我见过的最美秋景。乡愁、明月和清酒，都在那一树秋色里。

在所有与"秋"相关的表达中，我最喜欢的语词首推"春秋"。

　　它是年年岁岁，又是重重历史；是五谷丰登，又是典籍传承；是大自然的春华秋实，又是百花齐放的思想佳境。

　　没有春秋时代，何来孔、孟、老、庄的东方智慧？

　　秋来了。秋风将世界吹得啪啪作响，也将我们的心绪吹成片片秋叶，沙沙作响，寂然回到大地。

处暑

初候
鹰乃祭鸟

二候
天地始肃

三候
禾乃登

處暑

老鹰祭鸟
天地肃杀
且庄重

　　暑，像一头猛虎，自密林深处走来。那阵温润的风，或许正是它吐纳的气息。整个暑期，阳光当当作响，天空不怒而威。此时此刻，整个世界的姿势，莫过于这个"伏"字。

　　这些日子，唤作伏天。头伏、二伏、三伏……这是计量酷热的刻度，又何尝不是一种人生潜隐、生命蓄势？

　　"伏"这个字，从来就充满张力。出了"伏"，便是处暑。

　　处暑，这个似乎还"心有猛虎"的节令，终于有了"细嗅蔷薇"的柔肠，它悄然宣告着一年暑热由此退场。

　　然而，阳光依然像那炫目的手指，还在铿锵与柔美的琴键上游走。

　　处暑，去暑也，暑热离去之意。我奇怪于古人何以言"处暑"，而不说"去暑"？或许，处暑的语义更显古雅吧。但在我看来，"处"

的音义里，自有一种弥漫、胶着、苍茫、无辩的大境界，而不仅仅是一径古道，不只是时间里的"挥手自兹去"。

时间的辞典里，只有去，没有回。人们伤感于时间流域里众生的老去，可是，又有谁能从众生那里打听到时间的凝止？

二十四节气里，留下了天地众生对于时间的感应。先人们并不是从自我出发，而是以万物同理的心境走进朝夕相伴的天地。他们更愿意将物候的变化诉诸稻麦、桃李、梧桐、老鹰、鸿雁、玄鸟、黄鹂、蟋蟀、流萤、蚯蚓、游鱼、走兽、雷电、彩虹……在这里，人并未居于中央，甚至，根本就没有出场。先民们，始终谦卑地从花鸟草虫、飞禽走兽那里去获得物换星移的生命密码。

因为敬天法地，时间不只是一种速度，更是敏感的诗意；生命不只是一种孤独，而是与天地共往来。

然而，在今天，二十四节气里所提及的诸种生物，早已拼接不出历史深处的时间样态。因为，种植稻菽的耕地被傲慢的城市化进程吞没，老鹰失去了盘桓的天空，流萤也不再点亮灯笼，彩虹只能于手游里升起……我们渐渐迷失于现代性的穷途。

暑热退场之后，先人们于世间万象中看见了什么呢？

"鹰乃祭鸟""天地始肃""禾乃登"。

似乎没有一件是惊天动地的大事，但每一件又都关乎天地大道。

我在故乡秋后的田间偶尔见过老鹰。

它一身深灰羽毛，身形健硕，眼光犀利。蓝天下，它忽然从高天俯冲而来，以迅雷不及掩耳之势，瞬间从一群惊叫飞蹿的鸡崽中攫取一只，然后拍打着翅膀掠过对面的树梢，飞到山的那一边去了。

那是四十年前的乡间。今天，老鹰、喜鹊、八哥、白鹭均难觅踪影。它们是消失了，还是迁徙了？是我们损害了它们的家园，还是它们不愿与我们为邻？天空早已没有它们的身影，屋檐下，只有争吵不休的麻雀。

秋天是属于雄鹰的季节，而雄鹰更多时候属于草原。物竞天择吧，鹰在这个季节会捕杀小鸟为食。令人钦敬的是，古人居然从鹰的世界里发现了一个仁义的世界，即鹰在杀生之前居然也有昭告鸟类的一场仪典，也有祭祀。这就像雨水来临的时候，獭会祭鱼一样。祭祀，其实是古代的日常。人们对天地，对祖宗，对神明，对自然，对一切未知，总靠着祭祀这种古老的方式去守护神性，倾听命运，祈祷未来。

祭祀，赋予时间以庄重。但这种时间里的庄重，今天也零落成泥。失去敬畏之心的人们，只在知性面前举头，不复在神性那里俯首。

在我看来，某一片土地、某一种族群，若整体上失去了精神生活，进而失去了神性，失去了信仰，那里的文明就会塌方，就是真正贫穷荒凉之地。

上溯东方历史，我们看见了万物有灵的世界观，看见了生命平等的价值观。而置身今日之欧洲世界，那些遍布于城乡的哥特式教堂，正以对话上帝的建筑表情，虔敬地聆听福音。教堂的钟声好像让蓝天白云下的每一小段时间都押上了金质闪闪的"ang"韵。

此刻，且把目光由祭祀的仪典引向整个秋日的天空吧。肃杀，似乎是最严峻的表情。肃杀与悲凉在一起，那是天地的境遇，亦是人间的境遇。在古代，斩杀犯人，谓之秋后问斩。草木肃杀，人间问斩，天与人互相照见彼此。沙场秋点兵的整肃，也是一种杀气，只是它往往被秋天的淡云旷野烘托得恰到好处。

处暑之后，天地肃杀之气开始显示于草木、田畴、云翳，亦见诸人的愁绪秋思。因此，肃杀，是天地，也是人心。此时，我们不能不以秋水伊人的柔情来抚慰万物凋零的忧伤。

处暑第三候，关乎作物与果实，叫"禾乃登"。秋，左为禾，右为火，原意即谷物成熟。此处，登者，亦成熟也。五谷丰登，言秋之硕果累累。

万物都有各自的承受，天地之精华会在不同的生命那里引发神奇的变化。光如此，水亦如此；风如此，雨亦如此。在这里，昼夜的温差可能化了果实的甜蜜，而肃杀与萧瑟的背后，也可能成就了花的芬芳、果的橙黄。

时间都在众生的适应里，一切是神的安排。

白露

初候
鸿雁来

二候
玄鸟归

三候
群鸟养羞

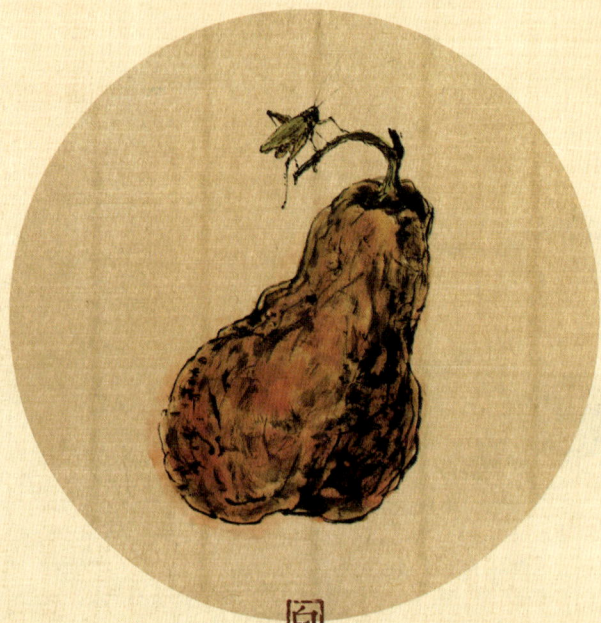

天地肃杀
它们却把
温暖留在人间

白露这节气，像一个古典女性，天然有一种纯真、清丽与明媚。

近地升起的温热之气，遇冷而凝，结于草木之上，谓之露。四时与五行相呼应，秋属金，金色白，故有白露之名。

一年行至此处，时光之流恍如失去了澎湃与壮阔，它淡定，清澈，甚至化作了晶莹的珠泪。一滴，一滴，辉映着秋日的晨昏。

"露从今夜白，月是故乡明。"

杜甫的句子，老去了一千二百多年。然而，那颠沛流离的乱世羁旅，那魂牵梦绕的异乡思亲，依然还停留于游子的泪光里，就像那一夜的白露，那一夜的明月，依然轻寒入襟。

那是四十八岁的杜甫。你不曾见过他那半旧的衣衫，不曾见过他额上苍老的皱纹，亦不曾听过他眺望故园的凄然苦吟。可是，那薄薄的夜色与深秋的况味，你又觉得它清晰得如同窗外的风物。

那一夜的白露，亦如今宵。你于忙碌中淡忘了季节的变化，诗句却记得。

白露，是天地写的诗，也是画在黑暗与黎明交替处的一个个标点。

"莲出绿波，桂生高岭；桐间露落，柳下风来。"

何等清雅自在的"无我之境"啊。桐间露落，亦如"竹露滴清响"的禅心古意。问世间，还有怎样一种安静，会比大自然的天籁更加幽深？

白露于我，更多的，只是儿时的记忆。

那些清晨，我从篱前或阡陌走过，白露正在草木间醒来。阳光下，每一滴都是可爱的样子。

那坠在狗尾草尖的，带着绒绒质感；那悬在饱满谷穗上的，映着丰收喜悦；那落在豆荚上的，摇曳紫色精灵；那滴在荷叶上的，一粒一粒，仿佛碧玉盘里的珍珠。更多的，还在塘基上那些贴地生长的野草间，它们密密地隐在那里，眨着眼，闪着光，看着这个世界由炎入凉。

树上的露珠只好去仰望。金黄金黄的银杏，深红浅红的枫叶，都有画家的色彩里不曾有过的纯净。倘站在树下轻轻一摇，露珠就像雨滴般纷纷洒落。印象最深的，还是屋后的泡桐树。那宽大的叶尖，总悬着很大很大的露珠。倘若一个人站在檐下静静晨读，会听到泡桐叶上的硕大白露，一声一声，缓缓地落到地上，发出清脆的回响，如同晨光的音节。

可惜，我那时候太小，并不知道《诗经》里的那一首《蒹葭》。

"蒹葭苍苍，白露为霜。所谓伊人，在水一方。"

多年后终于懂了。蒹葭清瘦，相思苍茫。白露凝霜，又何尝不是真情的凝伤？

我想，或许是白露意味着阴气上升吧，太多的古典闺怨与宫怨都在露的寒意与月的孤独里。

"玉阶生白露，夜久侵罗袜。却下水晶帘，玲珑望秋月。"

我们无从考证李白的诗句是在为哪一位宫廷女子代言，也不知他到底写于何年何月。然而，这又有什么要紧呢。白露，留下了那一夜的痴情；月亮，留下了那一夜的向往；玉阶，留下了那一夜的寂寞。

白露结在草木上，也结在诗词里。然而，对于那些俯察大地、仰望苍穹的先人来说，他们的心不止在诗意里，更在对万物的理解与同情里。

白露之节气，将有"三候"。一是"鸿雁来"；二是"玄鸟归"；三是"群鸟养羞"。

不知是不是一种巧合，此三候全都与鸟有关。我注意到，二十四节气中，以鸟为征兆的节候最多。

何以至此呢？我想，大地是人类的家园，天空是鸟类的家园。然而，鸟类大约出现在一亿五千万年之前，而晚至七百万年之前，人类才出现。可是，傲慢的人类并没有在意这些"鸟事"。九千多种鸟，我们能说出名字的，尚且有限，更不要说走近鸟类的情意世界。

在专业细化的现代社会，大概只有研究鸟类的学者会对鸟的生存、演变、性情、生活有更多的了解。在大众眼里，鸟无非是风景里的点缀，甚至只是一枚标本吧。

然而，在先民那里，人类对节令的感应，总是从鸟类那里获得消息。

白露是鸟类迁徙的信号，就像春节对团聚的感召一样。

鸿雁自北而南，燕子也自北而南。在感伤与离别的天空之下，鸟儿开启了征程。

鸿雁飞得很高，蓝天会衬出它们飞翔的优美。每一阵都是六只，一只领头，排列出"一"字或"人"字队形。它们远远从山那边飞来，转眼又飞到山的另一边，缓缓消失在夕阳余晖里。有时候，还可以听到雁叫声声。据说，这些鸟喜欢通过叫声相互鼓舞，比翼齐飞。古人认为大雁飞到湖南衡阳回雁峰即返，故衡阳又名雁城。

燕子以其羽毛青黑，亦称玄鸟。燕语呢喃，是至柔的春声；燕舞双飞，是如剪的春风。没有人不欢迎燕子，它们的巢筑在何处，最美的春光就在哪里。"几处早莺争暖树，谁家新燕啄春泥。"这些年，乡下老屋的檐前，年年都有燕子光临。春暖花开的时节，它们在我们的院子里飞进飞出，像是家中一员。

白露来了，燕子也该飞向南方。凝望远去的燕子，心中总有遐思和牵挂……一路南飞，它会飞过哪些高山、哪些河流、哪些城市与村庄呢？这一路归程到底会有多远？明年春天，它们又是依凭什么路标找到我家这个小小院落的？无法理解燕子对旧巢的情感，就无法理解命里的漂泊与流浪。但燕子的身影，却是白露的最美提醒啊。

目送燕子飞走，群鸟们开始休养生息。为了抵御寒冷，从现在起，它们开始为自己准备足够的食物，把自己养得肥肥胖胖。它们很清楚，在不久的将来，会有漫天风雪考验它们。凛冽的寒风让鸟类依偎取暖，也让人们围炉夜话。这时候，鸟类成了我们温暖的牵挂。因为牵挂，时间赋予了亲情。

白露时节，天地一片肃杀，温暖却在心里。这，才是美好人间。

秋分

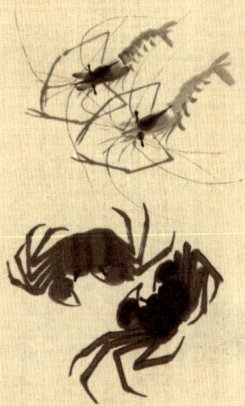

秋分

天地间
那些均衡的
美丽

到了秋分这个日子，莫名就想起世间所有均衡的美丽。

半白半黑的棋子，半虚半实的酒樽，半阴半阳的山坡，半江瑟瑟半江红的余霞……

众生如此丰富，如此不同。远近高低，浓淡深浅，大小强弱，华素动静。这世间，本有那么多的对立、偏执与纷扰，一夜之间，一切又回到了混沌初开时的平宁。

此刻，阳光直直地射在那条虚拟的赤道之上。如同神的慈悲，自苍茫太空俯瞰这个蓝色星球，保持着不偏不倚的中庸。

那是几何意义上的光影对称，又何尝不是天地自适的生命均衡？

这一天，连时间都被均分。昼夜等长，黑白平分，阴阳势均。

大自然默默呈现这种均衡之美。山色不浓不淡，水流不疾不徐，空气不冷不热。阳光像那神秘的手指，将自然万物调至和谐对称。

整个天地就像我们的肉身一样，呈现出中分的法则。恍如左脑与右脑，左眼与右眼，左耳与右耳，左乳与右乳，左手与右手，左足与右足。

我们的心，在这一刻，也像肉身一样，切中美的法度。无数阴阳互转，成就了秋分时刻的均衡。时间却留不住它，一念过去，此消彼长又已启程。越是这样想，越是深深敬服古人的宇宙时空。

不能不说，伏羲八卦是一幅大道至简的哲学图景。不知人类的目光要掠过多少琐碎与凡庸，才会在泥地上画下这八个自然意象：天、地、水、火、山、泽、雷、风。

这是宇宙的描摹，也是哲学的抽象；这是生存的境遇，也是未来的卜知。世界那么大，都在变易中，色相殊异，而精神为一。

火为离，水为坎。它们相对而立，处在伏羲八卦图的水平线上，那是不是一种中分？一年之中，将昼夜与季节同时均分的，也只有两个日子。秋分是其一，另一个则是春分。

春分之日，莺飞草长，阳气升腾。人间没有理由不将祭祀的典仪献给太阳。秋分之日，山高水清，阴气充盈。当此之际，人们又不约而同地把虔敬的目光献给月亮。今天，那些星散城市与山间的拜月亭，正是古人敬畏自然的心灵见证。

在我们的文化里，日月这两个星球，早被我们赋予了人间伦理，化作绝对理念、变化规律与艺术精神。

日为阳，月为阴。它们孕育着时间、季候、节令，又昭示着冷暖、离合与悲欣。它们赫然在天，是自然道法；它们朗然入文，是审美的门径。它们是风格，日为阳刚，月系阴柔；它们是气象，日为理性，月是柔情；它们是性别，日是男子，月是女性；它们是力量，日是铿锵与喷薄，月是婉转与低眉；它们是胸怀，日是温暖公平，月是浪漫孤独……

就像秋分呼应着春分一样，月亮呼应着太阳，内敛呼应着奔放，"千江有水千江月"的安静，呼应着"竹外桃花三两枝"的清新。

如果说春分是初阳蒸融的日子，那么秋分便是月色洗心的时刻。

在平平仄仄的古典韵语那里，那些借着月光下酒的诗人啊，总在秋凉如水的明月高冈上，白衣飘飘，起舞弄清影。

秋天本是登高思远的季节，若是对着月光，那咏叹里自有那化不开的山重水隔、明月与共。从"却下水晶帘，玲珑望秋月"的痴怨到"海上生明月，天涯共此时"的辽阔，从"明月何时照我还"的思念到"江畔何人初见月"的追问……月亮成为中国文学里永恒的相思，成为生命有限与宇宙无限之间抚不平的伤痛。

秋分乃秋之中点。酷热褪去之后的江南，终于铺开了秋天的声色。古人最先以秋分为中秋节，惜乎秋分之日的月亮远不及十五时的玉轮，于拜月而言，实在美中不足，遂将中秋节移至八月十五。

没有月亮诗酒的中秋，显然失去了岁月的风雅，苏轼的那一首《水调歌头》更得天人之妙。千年后的现代女子依然说，嫁人当嫁苏东坡。唯其性情达观，超迈古今。他的词境，辽阔苍茫，贯通宇宙人心。

既然"月有阴晴圆缺"是不可逆的天道规律，"人有悲欢离合"

　　的人生遭遇又有什么不能承受，不能放下？"但愿人长久，千里共婵娟"是时间无尽、空间无极，更是冲破关河阻隔的人间思念与大爱。

　　上天并不会太在意这些人间吟唱，它更愿意提醒人间风雷的变化。

　　春分第二候是"雷乃发声"，半年后的秋分呢，第一候就是"雷始收声"。有过鸣响的震惊，自有收声的安静。节气里的物候，有来有去，就像我们的一呼一吸。

　　很多时候，我们看见太多，却忽略了大自然的声音。春雷的声音不曾给过我们记忆，而眼下雷声又须沉默很久很久。

　　秋分之后，一场秋雨一场凉。万籁俱寂的深夜，残梦依稀的凌晨，你在雨声里醒着，听它们在窗外的树叶间窸窸窣窣，是不是有一种清冷与孤独的况味？它们不像春雨那么热切，那么激动，而有一种空旷、萧疏与寂寥。

　　这是一种怀想的雨。不只是怀想远人，包括一路与我们走过春夏的那些鸟类与昆虫。这时候，它们也在秋之寒意里，寻找温暖的去处。"蛰虫坏户"，它们即将以漫长的收敛去迎接春天的复苏。

　　这时候的水，就像儿时走过的那条小溪，渐渐干涸了。鱼翔浅底的生动是见不到了。只有一泓浅浅的水，隐在枯萎的草茎间，细瘦而安静地，倒映着天空的干净。

　　大至天空的雷音，小至地面的蚁巢，再到石上的溪流，秋分三候，仿佛都是天意。

　　八方安顿，四面停匀。万物好像禅定，从容地吐故纳新。

寒露

初候
鸿雁来宾

二候
雀入大水为蛤

三候
菊有黄华

寒露

一滴水映照
中国文化的
特殊气象

这个日子被称为寒露，就像一个月前那个叫白露的日子一样。由秋凉到秋寒的悄然渐变，全在一滴露珠里。

露，挂在树叶草丛间的一颗晶莹水滴，大地孕育，上天降生。夏虫不可语冰，露的生命也只在倏忽之间。它起于黄昏，穿越长夜，只为遇见早晨。它的生命甚至抵达不了正午。

这一粒小小的水珠，却滴入中国节气与文学的幽深里。

"朝饮木兰之坠露兮，夕餐秋菊之落英。"在屈子的行吟里，它是贯通神人两域的圣洁与孤高。

"对酒当歌，人生几何？譬如朝露，去日苦多。"在曹操的短歌里，它表达着生命苦短、人生无常。

"槛菊愁烟兰泣露，罗幕轻寒，燕子双飞去。"在晏殊的咏叹里，它是寂寞与相思的珠泪……

露是秋深的见证，是时间的点滴，更是生命的飘忽；是德泽广布的皇恩浩荡，是爱无差等的均沾惠泽，更是思维的整全与世界的圆融。

遥想古老的深秋田野，是哪一位先民忽然觉出了今夜的露水不同于昨夜？那一滴寒意，究竟是滴在他的脚背，他的项脖，还是他的舌尖？

他那惊喜的发现，是不是像风一样跑过田埂，传遍村落，传遍一条河的所有流域？

寒，这个与暖相对的音节，如此悠长，如此苍茫，如此浩瀚，仿佛是秋冬最美丽，也最忧伤的韵脚。

世间万物，着一"寒"字，便蕴积了一种气象，一股张力。

寒露不同于白露，寒雨不同于春雨，寒江不同于清江，寒山不同于苍山，寒树不同于暖树，寒鸦不同于乌鸦，寒蝉不同于秋蝉，寒烟不同于轻烟，寒衣不同于秋衣，寒门不同于名门，寒士不同于雅士……

寒，是天地之气，是人间之象，更是心灵之美。

总有一份千年不老的寒意，在古典诗性里代代绵延。

"寒雨连江夜入吴"，那是王昌龄留在芙蓉楼上的别绪离愁？"远上寒山石径斜"，那是杜牧留在岳麓山的秋日背影？"拣尽寒枝不肯栖，寂寞沙洲冷"，那是"中秋男神"苏东坡的幽人雅致，还是那一夜的孤鸿月影？

《红楼梦》第七十六回，中秋之夜的史林联句，史湘云出句"寒塘渡鹤影"，林黛玉对的是"冷月葬花魂"。不能不说，文字堪为心灵神迹。与其说这是两行诗句的工稳对仗，莫如说这是两位女性的前世今生啊。

江北江南，山寒水瘦。而今，所有大地与天空的消息，都凝结在一颗奇妙的水滴里，凝结在白露至寒露的时间里。

这一滴水，岂止是时间的计量，它简直是整个秋天的丈量。

露珠传达天地消息，就像眼泪表达你内心的秘密。

见微知著的心灵映照，天人互现的生命应答，心物相融的审美神思，随处都能见到。

寒露之后的秋天，不再是"天凉好个秋"，而是更深露重、落花成冢。相对于"独钓寒江"的孤独与凛冽，这时的寒意依然淡淡如水。一片窗下杏黄的灯光、一纸天涯咫尺的书信，就可以将它轻轻驱散。

到寒秋的山间看看吧。依然是清朗的草木。随处是那芦荻的穗，柔顺而谦和。它们年轻的时候，曾是一丛丛蓬勃的碧绿，而今只在高远的天空下俯首。桂花呢，总会不期而遇。刹那间，它就进入你的五脏六腑，仿佛是一场猝不及防的盛大洗礼。那弥漫的芬芳，全然不似桃李，而像整个秋天的情欲。

然而，寒露毕竟又是由凉入寒的天气转折，特别是秋风吹起的日子。

我所居住的小楼，北面是一片没有阻挡的空旷远山。独坐顶楼的时候，偶尔会听到风在屋顶呜呜呜地轰响，一阵盖过一阵，直叫夜色一团一团地攥紧。

无风的日子，街上满是穿夹衣的背影。推开窗，整座院子都如许安静，只有明媚的秋日照着空气的寒凉。走下楼，才发现很久不曾听到鸟雀的啼唱了。不要说黄鹂、鸽子、斑鸠、画眉、云雀、夜莺，就连那叽叽喳喳、争论不休的麻雀都不知隐居何处去了；无数叫不出名字的小鸟，都销声匿迹了。它们，是不是在寒露来临或更早的时候，已然迁居他处？

鸟儿或许在窗外谈论过白露与寒露的消息，只是我并不曾在意过它们的去留。

一候"鸿雁来宾"；二候"雀入大水为蛤"；三候"菊有黄华"。

寒露"三候"，全关乎花鸟。花鸟是国画的古老题材，莫非也是静与动的谐调，时与空的交织？

雁南飞，曾是立秋的标志。而今，它们飞向哪里，落在何处呢？每一种物候都像生命来去一样，遥相呼应。时间深处，曾有那么一位先民默默地伏在芦苇丛里，他好奇地注视着那群长途迁徙而来的鸟。他看见，雁群也在恪守着先主后宾的人间伦理：仲秋时到的大雁为主，季秋时到的则为宾。

不过，我更喜欢另一种联想。也是一位先民，他追着大雁来到南国的海滨，大雁在温暖的蔚蓝里起舞。他想，大雁在此过得如此幸福，那些别的小鸟去了哪里呢？他低头看到沙滩上各种蛤蜊，那五彩的花纹不正像是鸟雀的羽毛吗？

又是一份伟大的惊喜，它从大海传到田野与深山。从此，"雀入大水为蛤"成为普天下的神秘。连同"飞"与"潜"的古老哲学一起流传。

寒露之后将迎来菊花怒放。太多的花，钟情于春天的阳气勃发，在温暖的季节绽放此生的美丽。秋天，特别是寒露之后的秋天，天地之间阴气充盈，正是秋虫瑟缩的时候。然而，懂得造化的花神，不可能忽略这个季节的馈赠。它为秋天选择了菊花，选择了那最能安慰寒意的遍野明黄，选择了凌霜开放的秋菊。

我小时候看过的菊花，只是乡间路旁野生的黄色雏菊，小小的，圆圆的，像是画里的小太阳。多年以后，在城市的公园看到了菊展，才知道菊花原来可以开得那么大，那么美，有那么多品种。我并不觉得菊展更美，反而固执地认为，当年陶渊明于南山所采的，不是那开放的盛大，而是一束小小的清雅。

诗人说，天上的星星是地上的花朵，而地上的花朵也是天上的星星。我想，菊花是不是秋天里最亮的星座呢？

"飒飒西风满院栽，蕊寒香冷蝶难来。他年我若为青帝，报与桃花一处开。"

这是唐末农民起义领袖黄巢的咏菊诗，相传他作此诗时，年方五岁，还是一个孩子。我并不喜欢"报与桃花一处开"。花开有时，各美其美。没有菊花的秋天，还是什么秋天呢？

霜降

初候
豺乃祭兽

二候
草木黄落

三候
蛰虫咸俯

霜降

每一候
都是对生命
往来的呼应

站在南方的桂花树下，霜降还只是遥远的北国消息。

寒霜起于昨夜今晨。每年今日，黄河流域的山间草木会悄然染上浅浅白华，如同他们的柴扉、屋顶和门前的远山、旷野。

在我老家，最重的霜华，称作"白头霜"。白头霜降临的清晨，我看见父亲从对面的田间走过，那一径一夜白头的野草，在他的裤管边匆匆零落。此时，老屋黑色的瓦楞上，也覆盖着一层薄薄的清冷。母亲生出的炊烟，比往日多了一份凝重，在寂静的山间久久不曾散去。

年少日子，谁又去领略以白头命名秋霜的深意呢？只是多年以后，当父亲已不在人间，我满头华发地回到故乡的草木前，才忽然明白，霜是白头之色，白头又何尝不是那一袭岁月的风霜？

莫名就想起李白的句子：

"白发三千丈，缘愁似个长。不知明镜里，何处得秋霜？"

　　人间草木，亦人间世态。窗外的树木由青枝绿叶到黄叶满枝，在那株树木的眼里，我又何尝不是由青丝满头到鬓染霜雪？

　　我不知道，世间还有怎样一个音节会像"霜"这样，将天地人间、自然人生化作一声生命的提醒？

　　霜降，是秋天最后的乐章。天地的色彩、声响与气息里，含蕴着生命的苦难与光明，亦融汇着时空的苍茫与沧桑。

　　是苦寒与等待，赋予了"霜"的格局与重量，让它在深秋的月夜，发出念念不忘的回响。

　　"悲落叶于劲秋，喜柔条于芳春。"寒霜与秋风一样，总被中国古典文学染上挥之不去的生命哀愁。

　　"月落乌啼霜满天，江枫渔火对愁眠。"那漫天霜华，是张继所处的凄寒乱世，亦是诗人愁绪满天的无眠子夜。

　　"纵使相逢应不识，尘满面，鬓如霜。"那如霜鬓发，是苏东坡对发妻逝去十年间的朝思暮想，亦是他与王安石政见歧异、才志无处伸张的心灵隐痛。

　　"鸡声茅店月，人迹板桥霜。"那板桥上无人踩过的凛冽霜痕，是温庭筠早行商山的旷古寂寞，亦是他天涯孤旅的苍凉背影……

　　无数染"霜"的文学意境里，自然时令、世道人心、个人境遇都在"霜"的回声里辽阔绽放。

　　且铺开一张纸，一笔一画地写下：霜。这些繁复的笔画，是不是像眼角细细的皱纹，头上萧疏的白发？

　　霜降与每个节气一样，都是自然生命的律动。在肃杀的深秋，它的降临是对菊花的礼赞，更是对无数秋叶的成全。

　　深秋之美，不在花的绚丽，而在叶的斑斓。平日里，那些你不曾注意的树木，到了这个节令，它们的叶子就迎来了一生最辉煌的盛典。

　　秋叶之美，一点都不逊色于春花。

　　金黄的银杏，吐露全部暖意；宽大的枇杷叶，落在路上，枝头新绿化作了褐色深沉；至于枫叶，那热烈的情绪更是胜于二月春花。

　　秋叶的色彩变化，无不出自大自然之手。浅红深红，明黄暗黄，哪一抹又是画家可以调配的？

　　霜华成就了"树树皆秋色"的美丽。然而，它的馈赠远非这些。即使是地里的萝卜白菜，霜降过后，自有那无与伦比的甘甜。

　　天地不言，亦无悲喜，它只相信时间的轮回与大地的孕育。

　　时间是一场仪式。一切存有敬畏的众生万物，都会以自己的方式来构建和谐的心灵秩序。

　　霜降"三候"曰"豺乃祭兽""草木黄落""蛰虫咸俯"。每一候都是对生命有往有来的呼应。

　　"豺乃祭兽"，是说生于山林的豺狼，捕杀小兽后并非立马撕咬吞食，而是将猎物摆成一排，如同祭祀，感恩与昭告。在先民眼里，即使是如此凶猛的兽类，亦非弱肉强食的野蛮者，它们亦有捕杀之道。

　　山中兽类如此，水中鱼类如此，空中禽类亦如此。雨水第一候，谓之"獭祭鱼";处暑第一候,谓之"鹰乃祭鸟"。

一个"祭"字,让时间有了庄严之象。

雨水第三候是"草木萌动"。有萌动,就有生长;有生长,就有凋落。叶落,有回归大地的美丽;花开,有绽放芬芳的优雅。

这就是生命的本质。

立春第三候是"蛰虫始振"。有振翅,就有栖息;有歌吟,就有沉默。

对于百虫来说,霜降是天地的号令。这是它们生命的一程:潜入地洞,垂下头来便是冬眠的开始。

倘若它们懂得人类的语言,此刻最适合它们的诗歌,或许是那个叫叶芝的爱尔兰诗人的轻轻吟唱:

"当你老了,头发白了,睡意昏沉,炉火旁打盹……"

不过,昆虫们此时并非老去,它们只是在经历一场漫长的等待,等待那一声春雷的消息。

立冬

初候
水始冰

二候
地始冻

三候
雉入大水为蜃

立冬

四野越冷
冬夜越黑
越显灯之温明

冬，这音节仿佛有一种空旷的回响。

"咚——"野果轻落于空山；"咚咚——"门扉小叩于雪夜；"咚咚咚——"箫鼓奏响于黄昏，琴弦拨动于晚风……

莫非，冬得名于先民篝火狂欢中的鼓点，抑或那带着木质温暖的拟声？拟声赋予季节以性格。

冬者，终也。这是一年最后的乐章。时光如百川归海。浩渺与奔腾，动静咸宜；沉静与孕育，相克相生。

日历说，冬天今日降临。不过，在此刻的长沙，草木似乎还沉浸于深秋，天地尚不曾透露多少冬的影踪。

秋山依然苍翠，江水兀自澄澈。庭前的芙蓉、秋菊、桂花以及山间那么多无名的野花，依然自在而从容。菜畦上，蓝色的包菜、青色的上海青，以及黑绿的冬寒菜，依然鲜嫩可人，丝毫不见衰微的样态。

天地如此辽阔，万物又各不相同。一场浩大的生命感应，怎么可能像日历般轻轻翻动，又怎么可能如钟表上滴答作响的指针移动？

千差万别的山川地理，千差万别的生命个性，注定冬之到来不可能是一场有形的跨越、一次磅礴的转型。时令不是命令，它的嬗变与更替永远属于温和的渐进。温和，是它的心境；渐进，却是它的脚步。

天空与草色呈现一派秋色秋韵，冬天却不会因草木的欣荣而迟迟缓行。天地不言，不言是最大的肯定。

于众生而言，这一回冬天的来临，只是无数轮回里的一次温故而知新。

或许是手机上的视听麻木了人们的感官，现代人愈加停留于语言里的冬天。冬天的辞典也逐渐成为一套话语标签，如白雪，如寒梅，如朔风凛冽，如岭上孤松。语言是一种赋予，也是一种剥夺。语言抽象过的冬天，模糊了北国与南方，也分不出故乡和他乡。

其实，冬日之美不在成语中，而在你眼里。一个山垭，一条河流，一片残荷水境，乃至一树一花，一狗一猫，都有道不尽的细节之美。

哈尔滨的冬天是林海雪原吧，老舍先生却说，济南的冬天，满城碧水垂杨，而四周的小山正好围成一圈，像个婴儿的摇篮。清晨，你惊讶于窗棂上的雪花吧，而南方之南的人们，一辈子都不曾见过寒夜过后的万树梨花。你说冬天肃杀，万木凋零，可总有一些人，会在那寒夜里看见北斗的方向，从枯荷里感应水底的生长，从落叶里听见生命的歌唱。

今岁不同于去年，此刻不同于刚才。时光与草木，没有哪一株完全相同。

"十月江南天气好，可怜冬景似春华。霜轻未杀萋萋草，日暖初干漠漠沙。老柘叶黄如嫩树，寒樱枝白是狂花。此时却羡闲人醉，五马无由入酒家。"

冬景胜于春华，狂花绽放寒意。白居易以一颗敏感诗心，总能于同样时令里看见万物不同。"可怜冬景似春华"如此，"人间四月芳菲尽，山寺桃花始盛开"亦然。

即令都是冬天，初冬与隆冬也完全是不一样的况味。

初冬，仿佛那杯冒着热气的豆浆；而隆冬呢，更像炉火映照下的美酒。无论是初冬还是隆冬，地已冻，天已寒，冬天自有它的冷峻与凝重。冬天更像一部哲学，越是四野的冷，越显示冬阳的温存；越是冬夜的黑，越显示灯火的迷人。

冬天的太阳没有春日喷薄，也不似夏天严酷，它不浓不淡，不炎不凉，充满慈悲与中庸。若环顾四野，半山明亮的草木，一壁午后的斜阳，满径斑驳的光影。阳光照亮的地方，就是你温暖的故乡。

立冬，与立春、立夏、立秋一道，成为一年节气的"四仪"。农耕岁月，自命为天子的帝王率公卿百官迎冬于北郊，正如他们曾迎春于东郊，迎夏于南郊，迎秋于西郊一样。在这自然古礼中，我们惊异地发现中国古代的时空观，不是纵横交错，而是浑然于一。春夏秋冬的时序，与东南西北的方位，以万物生长的名义水乳交融。空间，是时间的生长；时间，又是空间的绵延。不能不叹服这时空交织的智慧。

立冬"三候"中，都关涉水土。一候"水始冰"；二候"地始冻"；三候"雉入大水为蜃"。水土，是世界的版图，人类的家园，更是文化的生态。此所谓，一方水土养一方人。流浪他乡者，最大的不适应不是饮食，也不是方言，而是水土。此刻，冬天到来的消息，由水土传递，是不是比那些走兽飞禽来得更为深广厚重？

立冬之后，黄河流域的水渐渐结冰，而大地开始凝冻。至于那些飞奔的野鸡，此刻全潜入海里，化为美丽的大蛤。这个神话般的物化臆想，是不是也道出了冬天气质里的沉潜？

冬天是一个更能让人回归自己、回到家园的季节。相对于担当和使命，它似乎更多地指向自由与逍遥。冬天适于静坐，冥思，幻想，适于品味和分享。

"冻笔新诗懒写，寒炉美酒时温。醉看墨花月白，恍疑雪满前村。"

这样的诗，与这小令一样的阳光配得刚刚好，与慵懒和闲适配得刚刚好。诗句如镜，照见一个率真而有趣的人。

他从月白里看见大雪。此刻，当阳光从窗外投射在我雪白的纸上，我想，这是巨大的空白，不应该是虚无，而是万水千山。纸张，正是文字的水土。

小雪

初候
虹藏不见

二候
天气上升，地气下降

三候
闭塞而成冬

小雪

在天地苍茫中

生命本该风雅

那一年，在这些香樟树下，你惊喜地唤一声小雪。那个叫小雪的女生，蓦然抬头，回眸一笑。从此，她的长发与白毛衣从你的青春里挥之不去。

多年以后，你又来到这里。高大的香樟，依然古老地立在楼前，立在冬日的寒风里。地上的落叶，如褐色的蝶舞，亦如殷红的相思。山水，天空，草木，屋脊……凝云下的万物，凛寒里的众生，一切都沉默无语，像那黑色的香樟籽实，一颗一颗隐在枝叶里。

你默默地走在记忆里，走在山川草木的注视里。它们，也像当年的你那样，朝着远处的天空，轻轻唤着：小雪，小雪。

这是一年中的第二十一个节气，是冬天的第二幕。

"雨下而为寒气所薄，故凝而为雪。小者，未盛之辞。"

雪是死去的雨，是雨的精魂。它们，皆系水的前世今生。

　　节气里的小雪，有你想象的秀美，却不见得有你想象的温柔。小雪降临的时候，时间亦如雪花，"一片飞来一片寒"。推窗远望，"天边树若荠，江畔洲如月"的水天迷蒙杳不可寻，而代之以一片水瘦山寒。冷清里的苍茫，越发衬出路上行人的匆遽与渺小。

　　寒意愈深，愈是呼唤一场雪的到来。没有雪的冬天，似乎是一种残缺。很多时候，雪不再属于自然，更属于人心。在世人心中，雪是从冬日漫长的阴沉里开出的圣洁与明媚，是天空献给大地的仪典。它的洁白，像是一份暗示或寓言。

　　就像春之细雨，夏之流云，秋之明月一样，小雪是从天地大美里生长出来的不老时间。

　　节气里有小雪与大雪，关乎渐进的时令。其小大之别，在于时序存先后，寒意见深浅，物候有呼应；气象里的小雪与大雪，只关乎一场雪的大小、多少与强弱。其小大之别，则在其格局、境界与情致。节气，是可以预知的必然；而气候，则是无法预约的偶然。

　　这么多年来，作为节气的小雪似乎并未留给我们太深的记忆，相反，某一场小雪却可能连着一段深情往事。一个节气嬗变，就这样置换为一个故事布景。莫非，是人类太过于以自我为中心了，他对于节气降临的律令，竟远不像山川草木那样一呼百应？

　　小雪，是沉郁里开出的欢喜，冷寂里孕育的温馨。像此刻，即使这没有飘雪的小雪之日，心里依然会升腾起一种暖意。

　　每当冬日黄昏降临之际，夜色袭来之时，那些路上的行人与游子，会不会生出身如飘蓬的寂寞与孤清？越是风雪载途，越是渴望一片温暖灯火。至于雪夜，严寒令我们回到家园，回到真实的自己。那一份独处的宁静，正好为文学想象添上了天使之翼。北欧童话那么美好，俄罗斯艺术那般忧郁，莫非都与辽阔的漫天飞雪有关？

无论小雪还是大雪，总有那么多雪花飘在中国的古典音韵里。那雪，飘了千年百年，落在时间之外。

雪是生命的风雅，山河的苍茫，心物的化境。

"昔我往矣，杨柳依依。今我来思，雨雪霏霏。"

早在中国最早的诗歌里，就有了雪落的声音。年少时读这些句子，以为那只是一个征人的回乡感喟。如今，鬓染微霜，才发现这里所写的何止是征人啊。它分明是在说你，说我，说我们每一个人。谁没有那"杨柳依依"的青春与热烈？谁又能逃得过"雨雪霏霏"的凛冽与严寒？"杨柳依依"是少年意气，"雨雪霏霏"又何尝不是中年忧患？

小雪或许不及大雪明媚舒展。然而，它的气质里有一种小家碧玉似的秀气。一场小雪过后，枯草中，瓦楞上，山石隙缝间，树根背阴处，总有些残留的洁白，或一茎勾勒，或一抹点染，或一片缀饰，它们，映在冷绿的草木里，如同宋词里的一曲小令。没有"唯余莽莽"的雄阔，寒意却在襟间。余兴未央的小雪，似乎也在冷的蕴积中，等候一场生命的纵情。

雪有光，仿佛是上苍用以调和黑暗与阴郁的。雪舞的时候，心才会飞扬。

忽然想起一千多年前的江南，想起风雅而率性的魏晋时代。

那一天，大雪飘飞。谢安与众子侄雅聚窗前。这些江南贵族，怎么忍心辜负那飘飞的诗意呢？谢安沉吟半晌，忽然指着那漫天雪花问："大雪飘飘何所似？"立马有人朗声应曰："撒盐空中差可拟。"话音刚落，一个清脆的女声响起，那是他的侄女儿谢道韫。她婀娜地站起来，做了一个优美的手势："未若柳絮因风起。"谢安的嘴角露出一线浅浅的微笑。

"撒盐空中"，只是雪的物理拟形，哪里比得上那"柳絮因风起"的轻盈，更如何比得上这雪花里散发的漫天诗意？

那是南方的雪。正如鲁迅先生所写："江南的雪，可是滋润美艳之至了；那是还在隐约着的青春的消息，是极壮健的处子的皮肤。"它远不像朔方的雪那样，"永远如粉，如沙""决不粘连"。

雪落在冬天的大地上，人们盼望从那里听见春天的声响。"年华已伴梅梢晚，春色先从草际归。"黄庭坚的诗句与岑参的"忽如一夜春风来，千树万树梨花开"，与雪莱那"冬天来了，春天还会远吗"的千古咏叹，可谓异曲同工。

至于北方，雪来得更频繁，更壮观。驱散那外在的严寒，自然是少不了酒的。文学里的酒香，可以超越历史。

我想起九世纪的洛阳城，记得那个白发满头的老翁，记得他在那将雪未雪的黄昏里写下的句子："绿蚁新醅酒，红泥小火炉。晚来天欲雪，能饮一杯无？"那老翁，就是暮年归隐此处的白居易。他的信，写给一个叫刘十九的人。刘十九就是刘禹锡的堂兄，名曰刘禹铜。

每次读这首小诗，心里便生出一份神往，仿佛那邀约是给我的。洛阳之大，于我而言，一炉、一酒足矣。

白居易与苏东坡，都是生活美学家，他们可以自酿美酒。新酒刚酿，酒面上还浮着蚂蚁大小的米谷，那是嫩绿的春之色彩；而火炉是小小的，红红的，温馨弥漫。夜是浓黑的，雪是洁白的。你看，绿与红、黑与白，构成一个鲜明而美丽的"无我之境"。于那万山清冷的关中，这是最温暖的一朵幽光啊，就像爱与友情之于人心。

雪是一种风雅，一种欢喜。有时候，它也是寂寞与孤独。雪愈大，寂寞愈大，孤独愈深。这些，或许又是小雪所不能理解的。

"千山鸟飞绝，万径人踪灭。孤舟蓑笠翁，独钓寒江雪。"

四十多岁的柳宗元，此刻，他的心只在那"白茫茫大地真干净"的空无与孤绝里。他那颗无处可诉的心灵，已超越永州之野，遨游于莽莽苍苍的天地之间。

"虹藏不见""天气上升，地气下降""闭塞而成冬"是为小雪之"三候"。

于此深冬时节，彩虹已然成为遥远的记忆。是的，没有了夏日淋漓尽致的雨水，没有了山谷里升腾的温润，更没有舒展明亮的天空，哪里还会有彩虹的踪迹呢？虹藏不见，是一种期待。

自小雪始，阴气日凝。物极必反的生命哲学显出力量。就在大地阴气日重之际，正是天空阳气上升之时。

　　天地之阴阳未交，故闭塞成冬。动物们以漫长的冬眠来等待春天。人类却不一样，他们会以一场文学的雪，去打通天地、阴阳与物我，让人们在寒冬里生发出对早春的向往。

大雪

初候
鹖鴠不鸣

二候
虎始交

三候
荔挺出

大雪

一场岁末仪典
等待着每一个
漂泊者归来

节气时光，有时会是水的样子。

早春，它是檐前的雨水；暮春，它是迷蒙的谷雨；初秋，它是草尖的白露；深秋，它是叶上的寒露与霜降……

由雨而露，由露而霜，由霜而雪。一切皆天道，一切皆自然。就像此刻。小雪，归隐寒林；大雪，相期云外。

天气之大雪落在大地上，节气之大雪落在时间里。

冬日黄昏，穿过疲倦的城市灯火，一切都在冷寒中瑟缩。远处那一带低垂的冬云，笼着一城灰色。和云朵对望的刹那，彼此的目光里生出同样的期许：下一场大雪吧。

一夜大雪，世界立马变得粉妆玉砌。这世间，除了大雪还有怎样的神力会如此纷纷扬扬，铺天盖地？还有谁能让所有庸俗的现实都带上纯洁的理想？

　　大雪纷飞的早上，打开靠北那扇窗，像打开一本童话。那么轻盈，那么明净，那么静谧。斯时斯地，与雪花一起飞舞的，定然是你感叹天地大美的惊喜和尖叫。

　　房屋、道路、树木、原野……置身于白雪皑皑的城市，一切是那样熟悉，一切又如此陌生。天地飘飘，不知今夕何夕。

　　掩映如画，玉树琼枝，那难道是日日可见的行道树？屋顶上的雪，斜斜的一方，睡在那里，有棉絮的厚与软，却比它更洁白和干净。

　　白雪覆盖的世界，有一种丰富的安静。所有的喧嚣散去，所有的飞鸟去向远方。立在窗前谛听，弥漫于天地之间的，只有无边无际的轻盈与细切，只有瓦楞外雪压树枝时砰然断裂的声响。

　　"已讶衾枕冷，复见窗户明。夜深知雪重，时闻折竹声。"

　　一场大雪以其神奇的反光，稀释夜的黑，让雪夜变得轻薄而透明。

　　一夜大雪，会让人们看到生活的另一种可能。

　　下雪的时候，你看吧，还是这个城市，还是这些道路，所有的车放慢了速度，所有的脚减缓了步子，所有的雪地行走，变得不忧、不惧、不急、不躁。

　　谁都想让生活慢下来，谁都想等一等自己的灵魂。可是，各种追逐在让世界以一种加速度奔跑。其实，我们与理想的慢生活，相距只有一场大雪。

　　是小火炉里跳动的那一堆炭红，还是火锅里飘出的诱人腊味？

是一壶老酒的香醇，还是一棵黄芽白的新嫩？是袖手于灶脚的平凡与温暖，还是将世界挡到门外的忘却与温馨？人生总有各种大事要做，可是，每个人都愿意在雪花飞舞的时候，抱一堆明亮的火，虚度光阴。

"孤舟蓑笠翁，独钓寒江雪"的孤独，"飞起玉龙三百万，搅得周天寒彻"的雄浑，"大雪压青松，青松挺且直"的高洁，哪一声雪的咏叹都令人肃然起敬。然而，雪是致敬，更是闲情。在闲适的雪夜里，笑读张打油的"江山一笼统，井上黑窟窿。黄狗身上白，白狗身上肿"，那里是不是也有一种卸却意义的可爱与天真？

大雪之日，天地琼瑶。

"人生到处知何似，应似飞鸿踏雪泥。"

生命如此倏忽，却又如此执着。而终究，它只是一篇"雪泥鸿爪"的寓言。

每一场大雪，似乎都在等待一个漂泊者归来。

"日暮苍山远，天寒白屋贫。柴门闻犬吠，风雪夜归人。"

当中唐贬客刘长卿行至那个叫芙蓉山的村落，大雪纷纷扬扬正下得紧。这个自诩为"五言长城"的才子，凭借一首绝句，让一千多年前的黄昏永远暮雪纷纷。

据说此诗存在诸如"归人究竟是谁"的争议。依我的直觉，"白屋"，与其解释为覆盖着白茅的小屋，不如说是那间落了积雪的白色小屋；而"风雪夜归人"更不会囿于诗人或芙蓉山主人。普天之下，

　　所有顶风冒雪的,谁又不是"风雪夜归人"?"今我来思,雨雪霏霏"里的征人如此,"山回路转不见君,雪上空留马行处"的友朋亦如此。

　　大雪等待着每一个归人,也等待着每一个隐者。因为,只有孤独者,才会选择大雪之日,"独与天地相往来"。

　　明末清初,西湖的山水之间,隐居着一位大明王朝的遗臣,他叫张岱。其时,帝国大厦已倾,宫廷繁华散尽。辽阔的江山之外,只他一个零余的背影。个体与王朝,卑微与强大,内心与天地,在一场大雪里尽显生命的张力。那样的张力,属于他的身世,更属于他的小品。

　　《湖心亭看雪》写道:"雾凇沆砀,天与云与山与水,上下一白。湖上影子,惟长堤一痕、湖心亭一点与余舟一芥、舟中人两三粒而已。"在"上下一白"的茫茫雪地,舟为一枚"草芥",人不过是"一粒"些微。大雪中偶遇的客居金陵者,其心中自有雪光掩映下的浓郁乡愁。可是,对张岱这样一个由前朝"客居"今朝的隐者来说,其心中又雪藏着怎样一种孤独呢?

　　雪的苍茫里,并不只有孤独。古往今来,大雪带给我们丰收的祥瑞,同时,它与风、花、月一起,构成中国文人的诗意和审美。

　　节气之大雪,像是上苍的安排。时间和万物一起,走到了这里。一路走来,经过春雨的淅淅沥沥,夏日的暑气腾腾,秋天的霜华露重,而今,真的需要在严寒里纵情飞扬,欣然绽放。

　　大雪,是时间的行迹,更是岁末的仪典。

古人将"鹖鴠不鸣""虎始交""荔挺出"视为大雪"三候"。

就在人类将大雪当作归程之际，天上飞禽、林间走兽、地上兰草，它们都在雪地里悄然起程。

鹖鴠、老虎、荔，或禽，或兽，或草木。它们对大雪的感应，早就内化于心。

雪天偶见黑色与灰色的鸟类，只在树枝间扑打翅膀，往往不发一声。它们在沉默等待新春的来临吧。

老虎乃兽中之王，天寒地冻中，它们开始了生命的交配，凛冽的寒冬里，老虎孕育出凛凛威风。

大雪过后的兰草，感天地之阳气，悄然挺出生命的新嫩，那是一曲生命的赞歌，奏响春之先声。

冬至

初候
蚯蚓结

二候
麋角解

三候
水泉动

冬至

泯然于黑白交替
谁曾记得
一阳复生的玄机

从来不曾像现在这样凝望太阳。

我在这头，霜冷长河；她在那头，温暖如春。

此刻，它已然抵达南方的尽头，那越过高山大海的目光里充满思乡的温柔。那是光照的边界，亦是时间的边界。

终点交织着起点，抵达融汇为归来。

那条线，叫南回归线。

回归，不是"行到水穷处"的历史终结，而是"坐看云起时"的万物新生。

早在先秦时代，人们在以土圭观测太阳时，就发现了这种神奇的回归，将这个时间节点命名为"冬至"。

这也是二十四节气中最早被确立的一个。至者，极也。一年之中，此日黑夜最长，白天最短。它与夏至遥遥相对，正所谓"冬至至长，夏至至短"。

或许，从来没有人在乎过白昼与黑夜的短长，但，天地在乎。

在上苍那里，时间不是执黑与执白的对弈，日子亦非多米诺骨牌，人间更不是永不停息的钟摆。没有哪一个白天与黑夜可以等量齐观。在冬至与夏至之间，每一个白天与黑夜皆如女娲造人，独一而无二。

从此，黑与白，是昼夜，是色彩，是时间，是对举与转化的力量。它蕴涵着生命大道，化身为更替与消长、转化与孕育、代谢与生长。由黑白出发，天地相亲，男女和合，阴阳相转，日将月就，潮涨潮落。存在与时间，成为生生不息的生命共同体。

阴阳，让天地宇宙充满生命的气象。冬至，乃阴之极致。阴极，而阳生。这是天地号令下的辞旧迎新。

早在《诗经》时代，冬至就是一年中最庄重而欢愉的日子，香火氤氲，爆竹声声。沿汉唐两宋，直至明清，在两千多年岁月里，冬至的降临始终意味着浩大的人间仪礼。

那是敬天祭祖的日子，亦是休养生息的闲暇。

据《后汉书》记载："冬至前后，君子安身静体，百官绝事，不听政，择吉辰而后省事。"《晋书》则云："冬至日受万国及百僚称贺……其仪亚于正旦。"宋代《东京梦华录》的描述则更为生动："京师最重此节，虽至贫者，一年之间，积累假借，至此日更易新衣，备办饮食，飨祀先祖。"

　　倘若时光倒流千年，可谓"冬至大如年"。皇帝于冬至日率百官至南郊祭天，百官皆服华服。至民间，家家祭天敬祖，摆酒设宴。举国罢市三日，店铺歇业休息，到处是熙攘人流，繁华街市，华整车马，柳河边妍丽的妇人，摊贩前无忧的小儿。那些祈祷，那些仪典，那些风俗，而今都被时间吞没，只留下这个叫冬至的节令。

　　当我从公元二〇一七年的冬至醒来，这个日子已然成了现代人漠然相对的日子。它抖落数千年的厚重礼仪与神秘敬意，泯然于任何一次黑白交替。除了草木之外，鲜有人感念一阳复生。抽空了所有习俗与寄寓的"冬至"，如同时间的废墟，叫飘浮在天国的唐宋灵魂无法相认。

　　其实，节气是天地万物之境遇，又何尝不是一种文化境遇？

　　文化之于时节，从来不只是意义赋予，而是生活的日常，会涉及饮食男女、民风民俗之种种。

　　冬至日，吃馄饨是北方人的约定俗成。在馄饨由来的种种传说中，《燕京岁时记》里的说法最得我心。"夫馄饨之形有如鸡卵，颇似天地混沌之象，故于冬至日食之。""馄饨"与"混沌"谐音，这就让最深的哲学开放在最朴素的民间，诉诸我们的一餐一饮。

　　自冬至始，数九寒天便开始，此为"进九"。数九者，即以九天为一个时间单位，历九九八十一天，迎接开春。冬至是"阳始生"之日，以九九之阳，方解厚积之阴。这对"风刀霜剑严相逼"的人间来说，便是极其漫长的等待，就像历经九九八十一难。

何以越过苦寒，又何以迎候新春？这简直是一句哲学的天问。这个过程，隐含着境遇、天道与人心。这是对自然的艰难突围，更是对心灵秩序的重建。时间流经此处，显出哲学的深沉，亦不乏诗人的风雅。

《九九消寒图》便是这场风雅的明证。它起于明，盛于清，分"写九"与"画九"两种。这张图，是经冬复春的古老行迹，更是盼春思归的心灵印痕。

所谓"写九"，即人们于白纸上以双钩描红笔写下九个字，道是："庭前垂柳珍重待春风（風）。"这九个汉字，每个皆为九画，正好对应着"数九"时间。自冬至日起，人们每天以色笔填写一画，待九九八十一画写完，正好就是人间春到时。数九寒冬里的不同天气见于不同色笔：晴为红，阴为蓝，雨为绿，风为黄，雪为白。

也有纯以黑白显示者。即以笔于每字旁画九个小圈，将天气标在不同位置。此所谓"上点天阴下点晴，左风右雨雪中心。点尽图中墨黑黑，便知郊外草青青"。

这世间，我不知还有哪个民族会以如此诗意的方式来对待自然与时间。在无数山南水北的窗前，那么多握着纤毫的手，那么多专注的表情，那么缓慢的时间节奏，那么饱满而生动的柳色与春风，他们是何等美丽的心灵心态啊。这些美好，在汉字的笔画间悄悄绽开，亦如时间生长。

"画九"者，更具直观性。在洁白的宣纸上，人们画上九枝寒梅，每枝九朵：一枝对应"一九"，一朵对应"一天"。据天气，每天选择颜色填充。如是，九枝寒梅渐次开放的样子，恍如春回大地的悄然脚步。纸面就是山水，时间可以开花。你想，无论在多么清贫的白屋，有了一张这样的"雅图"，满屋是不是就有了芬芳？

这是生动的民俗，并非文人的风雅。什么时候，这些汉语的诗意已消散随风？冬至之日，我们甚至连天空都不太愿意仰望，又还有谁会去冥思大地的事情？

古人以"蚯蚓结""麋角解""水泉动"为冬至"三候"。

对于春的敏感，或许不是天空，而是大地；不是高山，而是流水。

于蚯蚓而言，大地就是它的天空；于泉水而言，它就是春天的音韵；至于麋角，它以自己的头角，让阴阳之变看得见。

所有古人所发现的这些征候，没有一个不卑微、细腻，就像《九九消寒图》里那些轻轻的笔墨一样。

莫非，对于生命阴阳的敏感，卑微往往胜于宏大？

小寒

初候
雁北乡

二候
鹊始巢

三候
雉雊

小寒

凛冽如铁的冷夜

自有一种

独立之美

小寒之日，你在案头铺一页素笺，仿佛水瘦山寒间的一片雪地。

所有与寒相关的汉语，在那雪地上纷纷扬扬。

寒山，寒江，寒雨，那是天地；寒林，寒枝，寒叶，那是草木；寒乡，寒门，寒窗，那是世态；苦寒，清寒，凄寒，那是人情；寒鸦，寒塘，寒衣，那是物语……

寒暑，乃山河岁月；炎凉，系世道人心。温不增华，寒不改叶，上苍从未厚此薄彼。

然而，诗人更愿意以春暖花开的期许来安慰这周天寒彻。于是，冬天成了春天的等待，寒意成了温情的陪衬。正如雪莱的经典发问：冬天来了，春天还会远吗？

其实，大自然各美其美，人间日日是好日。寒暑易节，春秋代序。凝重寒意哪里又逊色于明媚春光？

　　在南方的冬日海滨，或许正有那"沙暖睡鸳鸯"的温馨吧。

　　海风吹动椰林，雪浪拍打礁石。水天相接的浩渺间，白色海鸟掠过桅帆，潮汐发出沙沙声响。春天好像尚未离开，三角梅依然在风里吐露芬芳。斯时斯域，谈论小寒，谈论这个最冷的节气，无异于谈论一个遥远的传说。在那里，你如何能想象得到：人间最深的寒意悄然来临。

　　自然赐予候鸟以翅膀，让它们在寒暑间长途迁徙，去为生命找寻温暖的栖居。然而，没有翅膀的人类，也不必黯然神伤。

　　南岭以北的我们，可以去南方度假，可以去海边观光，而更多寻常日子，不妨领受寒冬的所有馈赠。

　　自海边归来，走出机场便是那刺骨的寒风。相对于南国的暖熏，与其说这是一种凛冽，不如说是一份清新。

　　海滨的人们说，那里终年没有雪，一件薄薄毛衣即可御冬。听起来，感觉很美。可是，如果真的将寒冬与冰雪从岁月里抽离，那样的美好还是不是完整呢？

　　且不说别的，那么多寒意飕飕的古典诗境，对他们来说，仅仅成了一场隔着文字的眺望，何曾有我们这么刻骨铭心。

　　寒冷有什么不好呢？享受一种赐予的时候，总有一份剥夺如影随形。如是，你不必喜柔条于芳春，亦不必悲落叶于寒风。西风愁起绿波间，美在凭吊与伤感；风萧萧兮易水寒，美在决绝和悲壮。

　　寒，从来就是一种不比照于春色的独立审美。

　　此刻，看看窗外的树木吧。

　　苍穹之下，一根根黑色的树枝，沉默而苍劲，伸展在宋元山水似的寂寞里。这里，没有生命的汪洋恣肆、沛然勃发，是不是有一种迥异于春天的风骨，有一种孤独、沉思与内省？天寒地冻，是不是另一种峻峭的诗情？

　　歌德说："未曾哭过长夜的人，不足以语人生。"在我看来，相对于夏日黎明的喷薄，寒夜更是一曲庄严的颂歌。

　　虫声隐退，冷夜如铁。寒夜的灯火，像那人间的眼；而庭中月色，正如远方捎来的薄薄信笺。你在炉火的微光里，独自怀念走过的路，遇见的人，经历的事。近者，历历在目；远者，暗吐芳华。伤感，夹杂幻灭；自在，又生出慈悲。所有这一切，皆在寒冷与温暖之间，历史与未来之间，内心与天地之间，弥漫，萦绕，升腾……这样的寒夜，可以没有主客，却不能少了那一壶老酒，那一卷历史与诗歌。

　　人生之百味，就在"清水里呛呛，血水里泡泡，咸水里滚滚"；生命之真相，就是在时间之流上"独钓寒江"。

　　人生的求索与担当，并不拒斥优雅与清欢。

　　"寒夜客来茶当酒，竹炉汤沸火初红。寻常一样窗前月，才有梅花便不同。"

　　诗意盈怀的时候，茶亦当酒。而今这小寒的夜色，也如此浓烈，是不是可以之为酒，痛饮一杯？

　　寒暑自知，方可不怨天；不怨天，方可不尤人。

钟鸣鼎食的富贵，或许令世俗称羡；而生于寒微或拔起寒乡，又何尝不是幸福的成全？

我的小寒记忆，至今还停留在乡间灶脚。

寒风呼号的时节，父亲便在那里烧火。干干的树蔸树根，在灶膛里燃烧，发出轻微而欢快的脆响。火光映着父亲的苍老，也映着少年的沉静。

每当父亲用火钳从红红的灰烬里掏出一只烤红薯时，那间小屋便弥漫起美妙的温暖和甘甜。而今，父亲化作了天国里的眼睛，那满屋寒素，也成了我永不消退的人生底色。

多年以后，当我读到白居易的"心忧炭贱愿天寒"的时候，当我读到杜甫的"安得广厦千万间，大庇天下寒士俱欢颜"的时候，我都会想起童年的小屋，想起那一屋子的贫寒。

一个人的生命，就是一个人的遇见。每一份遇见，都那样弥足珍贵。包括苦难、逆境与严冬。

想起南北朝时那个叫庾信的诗人。

父亲赋予他文学的天资，又少年得志。他的才华，也曾开在温暖如春的宫廷。而历史所记住的，却并不是那样的荣华富贵。如果不是他后来流落北国，如果不是滞留他乡不得南返，庾信又何以"暮年诗赋动江关"？

正如杜甫所言："庾信文章老更成，凌云健笔意纵横。"

同样的，屈原、贾谊、柳宗元……几乎所有的贬客逐臣，他们，如果不是经历了人生的寒冬，又何来思想与文字的郁郁青青？

小寒，美在寒冷本身，亦美在寒来的消息。最先从寒意里听见隐约消息的，不是人类，而是飞鸟。

小寒"三候"，全关乎飞禽。一曰"雁北乡"；二曰"鹊始巢"；三曰"雉雊"。

鸟类先于人类在这个星球上生存繁衍，古人早就给了它们应有的敬重。

从今天起，立秋时去了南方的大雁相约在风中疾速转向，向着北方奋飞。

大雁并不与人类相亲，却为人间共仰。一只大雁的身上，甚至寄寓着中国文化中的"仁、义、礼、智、信"。而最令人间感慨的，是大雁之"爱"。

它们雌雄相配，从一而终。元好问的《摸鱼儿》写道："问世间情为何物？直教生死相许。天南地北双飞客，老翅几回寒暑。"这令人唏嘘的情诗，最初却是献给大雁的。"渺万里层云，千山暮雪，只影向谁去？"想想，还有怎样的绝尘之恋，能如此穿透生死，消失于时间的苍茫里？

人类喜欢以怀春为爱情之喻，飞禽却更有先见之明。

小寒十日之后，即"雉雊"。雉者，阳鸟也。这种山间野鸡，率先捕捉到寒意里阳气萌动的节律，并以身体的春情予以回应。在枯黄的茅草间，它们咕咕叫着向蓝天发出了爱的信号。

　　小寒这么冷，一步步将时间逼向年关。你一定会以为万物都在瑟缩与蜷伏中期待温暖吧？哪里料到，在鸟类的世界，那凛冽的严寒，竟孕育了这么多生命的欢欣！

　　问寒夜，还有怎样的人间炉火，会胜过心灵的相互取暖？

大寒

初候
鸡乳

二候
征鸟厉疾

三候
水泽腹坚

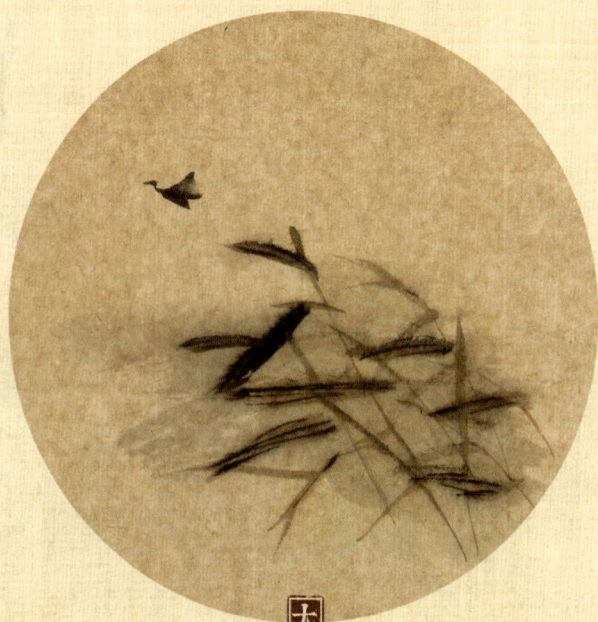
大寒

年岁收尾
情怀里藏着
归程与期许

清晨或黄昏，站在十一层顶楼阳台上极目北望，但见天色青灰，寒烟苍翠。簇拥的暗绿中，隐约着古船似的屋宇飞檐。

天已大寒，岁近年关。

"年关"这词，时间化为空间，心情化为物语，穿行化为跨越。

有关，必有开。关的是"年"，开的是"春"。

大寒，二十四节气的收尾；立春，二十四节气之起始。终点连着起点，年岁却是一轮。

时间恍如江流入海，如此辽阔，又如此舒缓。

大寒之日，每一片落叶都飘向大地；年关岁末，每一条道路都响起归程。

如此浩荡而温暖的人间天伦，竟交给最寒冷的自然节令来一一见证。上天何以如此安排？不经寒夜风雪，又怎么如此在意故园的灯火，又怎么如此珍重围炉夜话的温暖亲情？

以血缘为纽带的家国情怀，最宜在大寒节气里和着烈酒重温。

小寒大寒，杀猪过年。岁入大寒，不能不说到过年。

上古传说里，年是一只作恶人间的怪兽。爆竹、桃符以及一切代表欢庆的红色，追溯至初始，皆为驱邪镇恶。先民之所以将年想象为一头怪兽，或许关乎万物有神观念下的力量崇拜。此间审美，或许与早期青铜器以狰狞的饕餮为图腾相呼应。

今天，你无法再从年的笔触里找到凶恶的蛛丝马迹。相反，年的样子，更像是一棵开花的树。万千祈祷与祝福，万千怀念和憧憬，全像黑色的籽，结在年的枝丫里。

年，本是诸神降临的日子，始终带着震荡山河的鞭炮之声。正如鲁迅先生于《祝福》中所写：

"远处的爆竹声连绵不断，似乎合成一天音响的浓云……"

大寒深处，时间冰泉凝滞。庭前垂柳，喜迎游子归来；祭祀仪典，延请先祖灵魂。

横向与纵向，世界与历史，都交织在这里。而年味，就弥漫在一饮一食、一仪一典、一言一语之间。

一张圆桌，就像一个历史的年轮。一桌饭菜，就是一桌乡愁。

记忆里一直有一桌热气腾腾的年夜饭。

每年除夕夜，桌子正中照例是火锅。往沸汤里加入芫荽、红菜薹、黄芽白、上海青的时候，那感觉，仿佛在冬天里加入了春天。

大碗蒸的腊肘子底下，埋着黝黑的酸菜。那酸酸的味道，存留着院子里的阳光。至于那些腊鱼、腊肉、腊鸡、腊鸭，早在灶间烟熏日久，一律都是咸咸的，真正的烟火味道。最宜下酒的，莫过于牛肉、腊肠与猪肝。当然，鱼是绝对不可少的。这叫岁岁有余嘛！

小时候，最念念不忘的，还是母亲做的腊八豆。发酵过的豆，极鲜美，再佐以蒜叶，色与味几成绝配。还有一个小碟，那是母亲从坛子底下掏出来的黑黑的、冰冰的、带甜汁的洋姜。

吃过团圆饭，泡一杯绿茶吧。最好是很深的玻璃杯，滚烫的开水冲下去，平静之后，水中倒映出半杯春色。

除夕夜稍深，母亲便要敬神。堂屋正中摆一方桌，三生果馔供其上。一阵爆竹响过，母亲久久地跪在烛影里，以内心的虔敬，迎接列祖列宗的魂兮归来。

腊月的其他仪式还不少。

十二月初八，为腊八节。这是吃八宝饭的日子。八宝者，糯米、大米、赤小豆、薏米、莲子、枸杞、桂圆、大枣等八样食物也。相传，释迦牟尼的得道之日也是十二月初八。腊八节，也就是"佛成道节"，庙宇会布施"佛粥"。

还有，民间祭祀土地公公的习俗，称作"牙祭"。自二月十六的"头牙"算起，腊月十六即为"尾牙"。尾牙是一道重要宴席。此席中，白斩鸡不可或缺。做买卖的老板，他要借这道白斩鸡来暗示员工的去留。规则是：鸡头朝向谁，谁将被解雇。当然，一般时候，老板会让鸡头对着自己，以让大家都放心。到今天，依台湾风俗，自尾牙之日始，即是过年。

年，是一场口舌盛宴，也是一场语言盛宴。

大寒大寒，"家家刷墙，刷去不祥；户户糊窗，糊进阳光"。大量的过年风俗，都指向汉语的谐音艺术。如过年踩芝麻秸，寓意为"节节高"；画一只喜鹊立在梅枝，寓意为"喜在眉梢"；除夕之夜将柴火烧得很旺，寓意为"人兴财旺，红红火火"。

记得有一年，我从学校得到的奖品是一个铁质文具盒，其上所画为鲤鱼跳龙门。父亲很高兴，因为"龙门"与"农门"谐音。

在乡间，一炉炭火，就将大寒关在门外。如果不迎着寒风出去走走，你并不知道，河边柳树，已爆出一颗颗米粒大小的芽苞；而园子里的菜蔬，兀自清新。

最清新的，莫过于花事。自小寒至谷雨，八个节气，二十四候。每一候都会开一种花，此之谓"二十四番花信风"。

池塘边那一树梅，开出了东风第一枝吧？正是小寒那天开的。后院的山茶开了，案头的水仙也开了。大寒这天开的叫瑞香，接着是兰花，再是山矾。

立春之后，"百般红紫斗芳菲"。煦暖阳光下，迎春、樱桃、望春开了。细雨蒙蒙里，油菜、杏花、李花开了。惊雷响过，桃花、棠梨、木兰开了。到了清明节，桐花开了，麦花开了，柳花也开了。谷雨之后，牡丹开过，荼蘼开过，楝花开过。

孔子说："岁寒，然后知松柏之后凋也。"

雪压青松是一种卓绝。那么，寒夜花开是不是一份期许？担当，是一种入世之美。飘逸，又何尝不是出世之美？大自然的语言里，总藏着生命的智慧。

大寒有"三候"：一候"鸡乳"；二候"征鸟厉疾"；三候"水泽腹坚"。

母鸡孵小鸡，始于最寒的日子。这意味着那些毛茸茸的小可爱，将拥有春天一样的童年。桂花树下，水井周围，篱落之外，晨昏午昼之间，那些叽叽交谈，或偏头谛听的小机灵，当它们随着母亲在春光里散步、觅食、嬉戏、捉虫的时候，谁不会泛起生命的温柔与家园的温馨？这时候，或许只有那只母鸡还清楚地记得当初孵卵时的孤独寂寞冷。

"征鸟厉疾"这一候，令人想起"草枯鹰眼疾，雪尽马蹄轻"。在南方，鸟的消息已经久违了。寒意一天天加深，春天一日日临近。寒意既然从苍穹里俯冲而下，那么，春天必然将是高天流云吧。

今日乡间，征鸟似乎成了一种传说。苍鹰绝迹，喜鹊鲜有，乌鸦不见，就连蝙蝠与猫头鹰，也都不知所踪。

一个没有征鸟在场的大寒节令，人类的寂寞是不是也如"夕阳山外山"？

三候之"水泽腹坚"，即大寒后水面结冰的位置已至中央。在我儿时的记忆里，池塘结冰的时候，人可以在上面行走。那么冷的天，茅草檐前，或棕榈叶上，到处都悬挂着长长短短的冰凌。太阳照着它们，晶莹地闪着光。

多少年了，故乡的水塘再也没有结过冰，檐前自然也就没有了长长的冰凌。

大寒怀念寒冷，天空怀念飞鸟。每一个此刻，终将又是明日的怀念。

后
记

　　从来不曾像现在这样：对阴阳、冷暖、风雷，如此惊奇；对草木、飞鸟、百虫，如此敏感；对声音、色彩、变化，如此在意。

　　因为，这些与时间共生共长的文字，编织成一圈首尾相接的记忆年轮，存留着太多生命的律动。

　　关于节气的自觉与感应，仿佛赋予我不可思议的力量：懂得万物并育，拥抱宇宙众生。此刻，我才意识到："天—地—人"，每个字都那么息息相通。

　　与节气的偶然相遇，是知天命之后某一个霜染发际的早晨。

　　此前，我对节气一鳞半爪的了解，完全来自乡间父辈们关于农事的念叨。小时候教科书里找不到节气的踪影，成年后，我甚至连节气歌都不能背诵。

　　转变的机缘，依然由阅读带来。自然文学的篇章，将我引向了生命万象，引向了天籁、地籁与人籁共在的天上人间。我渐渐发现：只有对每一种生命充满敬畏，品类繁盛的生命世界才会一一向我们敞开。

五天一候，十五天一节气。这是生命的从容，亦是众生的约定。相对于天空风云，山间鸟兽，陌上花草，田间麦菽……我这些关于节气的文字，只是些谦卑的生命絮语，算是懂得之后的一种呼应，体验之后的一声提醒，发现之后的一种追寻吧。

每每独坐于城市的窗下，一方古老的天空便在脑海里笼盖四野。这时候，文字会获得前所未有的辽阔与生动，甚至纸张都幻化成大地。在这里，每一种大自然的语言，都变成了生命"色、声、味、触"的感知。有桃花或桐花开放的消息，有云间的雷声或闪电，有青色或金色的麦田，有春天的黄鹂与燕子，秋日的鹰眼和雁阵……

这些，是我们的当下，也是我们的历史；是无远弗届的物语，亦是农耕文明的智慧。

二十四节气重构了时空，更为我们打开了生命。

作为二十四节气的代言者，哪一个不是人们所忽略的卑微生命？虫类中的蝼蛄、螳螂、蜩、蟋蟀、萤火虫、蝉，鸟类中的仓庚、鹰、鸠、玄鸟、鸣鸠、戴胜、杜鹃、反舌，植物中的桃花、桐花、浮萍、王瓜、苦菜、靡草、麦子、半夏、兰草，等等等等，这些几千年前就与我们祖先共在的生命，今天你是否还能亲切地辨识，是否还有兴趣去关注它们的显现与归隐？

天地所行，皆不言之教。千百年来，正是无数看似"无用"的小小生命，不知疲倦地报告着时光轮回的消息。

二十四节气最初出现于黄河流域，不同节气，意味着不同的天文、物候、农事、饮食、民俗。所有秩序与变化的背后，却有一种文化与精神的沉淀。"鸿雁来宾"，是一种人间伦理；"鹰化为鸠""田鼠化为鴽"，"雀入大水为蛤"，却是一种诗化哲学。这些句子，总让我莫名想起《逍遥游》的开篇，想起北冥天池里鲲与鹏的生命转化。

越是惊叹于想象的浪漫与瑰丽，越是充满了对现实的焦灼和忧虑。中国文化里这种异想天开的气质，什么时候被丢到了风里？

在我眼里，二十四节气显然不只是一套知识体系。如果那样，一个搜索引擎足以解密。我的节气文字，试图以体验唤醒体验，以智慧启发智慧。因为，我相信：没有哪一种告诉会充满力量，没有哪一种体验能够被代替；再清浅的个性经验，都将击败那些苍白的公共标签。

当我写完每一个节气，我强烈地意识到，这个主题完全可以开发成与"时"俱进的自然课程。这样的课程，定然有助于将现代青少年从繁重的学业里唤醒，去拥抱自然和传统，去亲近诗歌与哲学。如此"为天地立心"的世间功德，期待着更多人一路同行。

三联书店是我敬重的出版社，本书能在这里出版，是一种幸荣。感谢覃亚仄先生和他的团队，感谢编辑王博文先生。

这些节气文字，先后在凤凰网国学频道作为专栏连载过。特别感谢凤凰网文化中心总监柳理先生，国学频道编辑丁梦珏女士，以及非常教师网的万濛女士。没有他们的促进与成全，就没有这本书的面世。

或许，我的节气体悟偏于生命智慧的阐幽发微。对于节气本身，却谈不上深究。因此，书中或存有疏误，祈望读者批评指正。

黄耀红

2018 年 9 月

图书在版编目（CIP）数据

天地有节：二十四节气的生命智慧 / 黄耀红著；
林帝浣绘 . -- 北京：生活·读书·新知三联书店，2019.3
　　ISBN 978-7-108-06471-4

　　Ⅰ . ①天… Ⅱ . ①黄… ②林… Ⅲ . ①散文集－中国
－当代 Ⅳ . ① I267

中国版本图书馆 CIP 数据核字 (2019) 第 030309 号

选题策划　王博文　　覃亚仄
责任编辑　赵甲思
装帧设计　朱丽娜
责任印制　卢　岳
出版统筹　姜仕侬
出版发行　生活·讀書·新知 三联书店
　　　　　（北京市东城区美术馆东街22号 100010）
网　　址　www.sdxjpc.com
经　　销　新华书店
排版制作　北京红方众文科技咨询有限责任公司
印　　刷　北京隆昌伟业印刷有限公司
版　　次　2019年3月北京第1版
　　　　　2019年3月北京第1次印刷
开　　本　880毫米×1230毫米　1/32　印张 6.5
字　　数　130千字
印　　数　00,001—10,000册
定　　价　45.00 元

（印装查询：010-64002715；邮购查询：010-84010542）